www.tredition.de

AF132032

Über die Autorin

Marie von Stein, geboren Mitte der 1960er-Jahre, ist das Pseudonym einer Autorin mit Wurzeln in Südbaden, nahe Stein am Rhein. Seit den späten 1980er-Jahren arbeitet Marie von Stein angestellt und seit einiger Zeit freiberuflich als Texter und Autor.

Ihr soziales Engagement bietet ihr vielerlei Motive und Geschichten für ihre Kriminalromane und ist auch Grundlage für ihr Interesse an der Grafschaft Lippe zu Zeiten des Barock.

Nach ihrer Hochzeit zieht sie mit ihrem Mann in die lippische Heimat ihrer Mutter und findet dort ihr neues Zuhause. Marie von Stein lebt mit ihrer Familie im Lippischen Bergland in NRW – zwischen Wiesen, Äckern, Wild und Wald.

Über das Buch

Sämtliche Personen und ihre Erlebnisse sind der Phantasie der Autorin entsprungen. Wenn sie auch in einem realen Umfeld spielen und viele historische Ereignisse so oder ähnlich in Aufzeichnungen von Historikern aus der Region zu finden sind, so sind alle handelnden Personen – ob im Damals oder im Heute – frei erfunden und jegliche Ähnlichkeit mit realen Personen wäre rein zufällig.

Lippische Wörter und ungewöhnliche Begriffe, Namen und Orte werden am Ende des Buches in einem **Glossar** erläutert.

Marie von Stein

Hexenweib

RegenbogenReigen II
Ein Zeitreiseroman

www.tredition.de

Copyright: © 2021 Marie von Stein
Kontakt: Marie.von.Stein@t-online.de
Lektorat: Textcheck Agency
Redaktion: WerbeWortBÜRO Text & Co.
Foto: © 2020 Klara Westhoff – Wald bei Erder

Verlag & Druck: tredition GmbH
                   Halenreie 40–44
                   22359 Hamburg

ISBN
Paperback   978-3-347-40694-0
Hardcover   978-3-347-40695-7
eBook   978-3-347-40696-4

Das Werk, einschließlich seiner Teile, ist urheberrechtlich geschützt. Jede Verwertung ist ohne Zustimmung des Verlages und des Autors unzulässig. Dies gilt insbesondere für die elektronische oder sonstige Vervielfältigung, Übersetzung, Verbreitung und öffentliche Zugänglichmachung.

Warum bist du gegangen,
still und stumm?
Nun sitz ich hier allein,
unwissend rum …

© 2021 Marie von Stein

Du wolltest bleiben,
doch du musstest gehen.
Über den Wolken,
in grenzenloser Freiheit,
da werden wir uns wiedersehen.

© 2020 Klara Westhoff

Prolog

Heute! Heute, da muss es mir doch gelingen. Nur noch eine. Die letzte Kurve am Stockberg – die Serpentinen liegen hinter mir. Ich schalte einen Gang hoch und gebe weiter Gas. Konzentriert auf die nächste Kurve, mit Blick auf die beiden Häuser vor mir in der Seitenstraße. Und weiter oben, nach der Höhe, da kommt der Hof. Mein Ziel.

Fest pressen sich meine Hände um das Lenkrad. Schweißtropfen rinnen in meine Augen, lassen sie brennen. Ich schaffe es einfach nicht, weiter schaffe ich es nicht. Ich kriege keine Luft. Zitternd fahre ich rechts ran. Ziehe die Handbremse an, drehe den Schlüssel heraus. Vor mir ist der Wald, düster, undurchdringlich. Jedoch links scheint sie, die Sonne. Da ist Licht. Doch heute? Heute klappt es noch nicht. Immer wieder holt sie mich ein, lässt mich nicht los – meine Vergangenheit.

1

1670
Juni

Cleopatra schnaubte unwillig, doch trotzdem setzte sie langsam ein Bein vor das andere. Vorsichtig, Schritt für Schritt.

»Nun komm, Cleo, nur noch ein bisschen. Du hast es bald geschafft.« Anna von Callendorp legte ihre Hand auf Cleopatras Widerrist, beruhigte sie und zauste ihrer alten Zuchtstute, ein roter Friese, durch die wellige, lange Mähne, zupfte einen verirrten Grashalm heraus und schnippte ihn in die Luft. Sie hockte sich hin und dann rieb sie ihr sanft über die Schenkel bis zu den empfindlichen Fesseln und massierte jedes Bein.

Das Pferd wieherte. Zustimmung? Wohl kaum. Anna konnte es nachfühlen. Cleo war schon alt, das Laufen fiel ihr sichtlich schwer. Doch sie blieb still stehen und ließ sich die Prozedur gefallen.

»Besser?«

Das Schlagen des Kopfes ließ Anna laut auflachen. Schade, dass Cleopatra ihr nicht antworten konnte, denn Begeisterung für die täglichen Spaziergänge, die Anna ihr auferlegt hatte, war das sicher nicht. Eher der Unmut wegen der lästigen Bremse, die sich auf ihren Hals setzen wollte. Anna scheuchte sie weg.

Ihr Blick ging über die Felder um sie herum. Es war schon einige Jahrzehnte her, dass Calldorp größer werden musste, der Platz für die Landbevölkerung nicht mehr reichte. Ihr Vater, der einflussreiche Freiherr Andreas von Callendorp, hatte dafür gesorgt, dass die Bauern mehr Flächen für den Ackerbau bekamen und auch Platz für ihre Höfe. Nun war der Haiberg abgeholzt und auf den steinigen nicht nutzbaren Flächen hatten sich die Meierhöfe auf der Steinegge und in Faulensiek angesiedelt. Zwei neue Orte, die das Dorf größer und wichtiger machten. Und den Besitz der Adligen und ihrer Verwalter vermehrten.

Anna seufzte, nahm den Strick und legte ihn sich locker um das Handgelenk, während sie sich auf dem Baumstumpf niederließ, der vor dem kleinen Friedhof ihrer Familie zum Hinsetzen einlud. Eine junge Eiche wuchs auf einem der Gräber, dem ihrer Mutter Johanna. Mutter und Tochter hatten sich nie näher kennengelernt, denn Annas Mutter hauchte ihr Leben aus am Tag der Geburt ihres kleinen Mädchens. Sehr viele Jahre mit ihrem Vater hatte sie auch nicht verbringen können, denn er starb, erschöpft von den Auswirkungen des unselig langen Krieges und seines Einsatzes als Gesandter für das Haus Lippe und den reformierten Glauben, noch vor Annas 10. Geburtstag. Doch Andreas von Callendorp hatte mitgedacht – und vorgesorgt. Seine Tochter wuchs behütet auf, auf dem Meierhof der Familie Strate, den Eltern seiner geliebten Frau.

Als weiblicher Abkömmling hatte Anna keine Rechte, weder das Erbe der von Callendorps anzutreten noch das große Gut im Calldorper Wiesental nah der Weser zu führen. Das Zuhause ihrer Kindheit musste sie verlassen, fand jedoch in der ehemaligen Heimstatt ihrer Mutter ihren neuen Lebensmittelpunkt. Bei ihren Großeltern, dem besten Gefährten ihres Vaters im Krieg wie im Frieden, Radulf, und der Hilfe und Freundin ihrer Mutter, Juliette.

Die Großeltern hatten mittlerweile auch ihre letzte Ruhe neben ihrer Tochter gefunden. So war es mit dem Leben. Der Tod folgte auf dem Fuße. Schon wieder entfleuchte Anna ein Seufzen. Sie richtete sich auf, streckte sich und schmiegte ihren Kopf an den Hals des Pferdes. Cleopatra senkte die Lider und lockerte ihre Unterlippe, sie wirkte nun völlig entspannt, sodass Anna ihr die Arme um den Hals schlang und ihr Herz im Gleichklang mit dem ihres Pferdes schlug.

Tief sog sie die Luft ein und ihre Nase wurde vom Geruch der Rapsfelder um sie herum gekitzelt. Raps – auch so ein Vorhaben, dem sie mit ihren Gefährten auf ihrem Hof eine Chance geben wollte. Waren es vor ein paar Jahren noch die Kartoffeln, die Anna mit Hilfe von Juliette der heimischen Landbevölkerung schmackhaft machen wollte – und konnte –, so war es nun der Raps. Ein Versuch, ihn auch in kälteren Gegenden anzubauen. Wenn sie die drei großen Felder betrachtete und dieses sonnige Gelb ihr Herz erwärmte, dann wusste sie, dass es ein Erfolg war. Ein Erfolg ihrer Anbaustrategie und der Wunsch nach etwas Neuem - nach der langen Zeit der Kälte zwischen den

Menschen und während der vergangenen kalten Jahre des Krieges und der Jahreszeiten. Trotz aller Entbehrungen brachte diese ungewöhnliche neue Rapspflanze wieder Wärme: für die Augen, für die Öllampen und für die Leibspeisen der Calldorper und der Menschen aus den Dörfern rundherum.

Die Erinnerung an das vergangene Jahr überkam sie trotz allem immer wieder. Es gelang ihr nicht, sie zu verdrängen. Erst der schreckliche Tod des Hinrich Reuter. Gerichtet durch den Sturz vom Felsen. Und dann? Dann kam die Strafe des Grafen, des Gatten ihrer Tante. Eine Strafe ob ihres Ungehorsams. Sie hatte es noch im Ohr, als wäre es gestern erst gewesen, als der Amtmann vor ihrer Tür stand und sie mit seinem Singsang aufforderte, ihm Folge zu leisten und sich ihrem Schicksal zu ergeben.

»Möge das Fräulein sich zu uns gesellen,
und sich stellen.
Möge das Fräulein die Schuld eingestehen,
und mit uns gehen.«

Und dann hatte er sie zu einem der Pferde geleitet.

»Sitzet auf, Fräulein mein,

dann werdet Ihr schnell bei den Gerechten
sein.

Sitzet auf, Fräulein hold,

und ihr erfahret Euer eigen Sold.«

Sie hatte sich gewehrt, den Grund dieser
Schande erfragt, doch es hatte keinen Sinn. Die
Litanei ging weiter.

»Ihr seid des Diebstahls angeklagt,

die Gräfin ist da sehr verzagt,

dass Ihr dem Reuter Gut entnehmt,

das er der Gräfin hat entlehnt.

So habt Ihr an Gehorsam fehlen lassen

und werdet fallen in tiefe Klassen.

Ihr sollt nicht mehr als adliger Callendorp
richten,

Ihr müsst auf Eure Privilegien verzichten.

So tat es der Graf zur Lippe kund,

ich geb dies nun weiter,

so macht's seine Rund.«

Anna zitterte bei den Gedanken, die ihr
durch den Kopf gingen. Allein der Einfluss
der Gräfin, die Schwester des Andreas von
Callendorp, und Annas Verzicht auf ihren
Stand und einige der Ländereien, die ihr Vater
ihr vermacht hatte, konnte sie aus dem Verlies
befreien. Und somit konnte sich der Graf zur

Lippe an wunderschönen Landschaften und einer arbeitsamen Landbevölkerung erfreuen, die ihm seine Geldsäckel füllten.

Doch das war vergangen, die Zukunft der Weg, auf dem sie schreiten wollte. Es gab genug zu tun. Es gab genug Gut und Gaben, die ihr verblieben waren. Es gab keinen Grund zur Trauer. Keine Ängste wegen der Verluste der letzten Jahre. Sie hatte alles, was sie wollte.

»Komm, Cleo.« Anna zog leicht an der Führleine und schritt ruhig, im Rhythmus des alten Kaltblüters, neben ihrer Stute her. In der Ferne zogen dunkle Wolken vorbei und entleerten ihren nassen Inhalt auf die Stadt im Osten, auf Rinteln. Vom Südwesten aber, da zeigte sich erneut die Sonne. Anna lächelte. Zeit für einen Regenbogen. Zeit für einen Wink Gottes. Zeit für ein Innehalten und Vertrauen sowie Zuversicht. Anna tänzelte hoffnungsfroh vor sich hin. Und Cleopatra wieherte.

*

Anna konnte vom Haiberg runter zur Steinegge sehen und bewunderte den Meierhof, den ihre Großeltern dort erschaffen hatten. So alt war er ja noch nicht. Der Krieg hatte die Gegend im Süden von Calldorp noch nicht ereilt und die einsame Lage bot zusätzlichen Schutz, als die einzelnen Gebäude entstanden. Gebaut aus dem Stein der Gegend. Davon war wahrlich genug da. Karg war der Boden, steinig und hart, doch für eine Hofstatt der passende Ort. Mit Wald in der Nähe und fruchtbaren Ackerflächen drum herum, standen Haupthaus, Scheunen, Ställe, das Gesindehaus und die nach dem Krieg zügig gebaute Leibzucht eng beieinander, umgeben von einer schützenden Steinmauer, die wütende Wildschweine und flüchtende Pferde abwehrte und zur Räson brachte – und eingebettet zwischen unzähligen Bäumen, die allzu neugierige Blicke abhielten und hoffentlich auch die Gier umherirrender Soldaten in Schach hielten. Zum Glück zogen finstere Gestalten lieber die Wege im Schatten der Kalle entlang, der Bach, der sich unten durch den Ort schlängelte und sich schlussendlich in den Weserstrom ergoss.

Die Köchin hatte den Topf übers Feuer gehängt, ein paar Holzscheite nachgelegt, und schien für die erste Mahlzeit des Tages einen sättigenden Eintopf vorzubereiten. Anna sah den Rauch aus dem Kamin im Küchenbereich kriechen und sich bei dem unbeständigen Wetter um die Gebäude drücken, bevor er sich langsam auflöste. Sie seufzte. Noch immer keine Hoffnung auf einen Wetterumschwung und etwas mehr Sonne. Das Wetter ließ nicht nur das Feuer qualmen, es drückte auch auf das Gemüt. Für die Rapsernte wären ein paar fröhliche Sonnenstrahlen nicht schlecht. Oder wenigstens etwas mehr Wärme. Es hatte in den letzten Jahren genug frostige Zeiten gegeben. Nun denn, das Wetter unterstand nicht irgendeinem Regiment, sie mussten es wohl nehmen, wie es kam.

Nicht einmal Juliette mit all ihrem Können und ihren Begabungen würde dem Wetter die Stirn bieten wollen und ihm ihren Willen aufzwingen. Egal wie oft die kleinen Leute aus der Gegend sie aufsuchten und um ihre Hilfe anflehten: Wetterzauber? Nein. Gotteslästerlich, so beschrieb sie die, die solche Dienste anboten. Gotteslästerlich und falsch. Vehement schob sie solche Bittsteller aus ihrem Gemach und verwies sie des Hofes. Ganz gleich wie hoch die Summen auch waren, die man ihr bot, sie blieb bei dem, was ihre Bestimmung war. Sie kümmerte sich um die Kranken, die Frauen, die Schmerzen litten, die Paare, die ein Kind ihr Eigen nennen wollten und denen dies verwehrt blieb. Sie gab Hilfe, wo immer sie konnte, sie wies Wege und leitete an. Und für diese Heilkunde und die glücklichen Augen derer, denen sie helfen konnte, war sie bekannt. Und von denen, deren Augen ihr Tun aus der Ferne voller Griesgram beobachteten, die ihr Können nicht verstanden, wurde sie verachtet. Immer wieder hörte Anna das Raunen hinter vorgehaltener Hand, wenn sie sich gemeinsam mit Juliette zum Markt nach Rinteln aufmachte und die hohen Herren der Universität verächtlich auf Juliette herabsahen. Ihr Ruf und ihre Erfolge hatten sich schon bis in die benachbarte Grafschaft verbreitet.

Sie war so froh, dass ihr Vater ihr Juliette an die Seite gestellt hatte. Einige Jahre vor Annas Geburt hatte er das verängstigte Mädchen auf dem Rückweg von den Osnabrücker Friedensgesprächen aufgelesen und ihr auf seinem Gut den Schutz vor den katholischen Häschern geboten, vor denen sie geflüchtet war.

Juliette, eine Hugenottin, aus Frankreich geflohen, immer mit dem Ziel, das Land zu erreichen, in dem Protestanten wie sie in Frieden leben durften. Was für ein schwieriges Unterfangen, mitten im Krieg … Und was für eine Wohltat dann auf den Freiherrn von Callendorp zu treffen, der sie unter seinen Schutz stellte und dessen Frau Johanna sie unter ihre Fittiche nahm. Johanna und Juliette, beide verband ihr Blick auf die Welt ohne unnötige Standesdünkel und so verknüpften sie alsbald innige Freundschaftsbande. Johanna unterwies sie in den Gepflogenheiten, die das Leben in der Grafschaft Lippe und auf dem Gut der von Callendorps und ihrer Pferdezucht mit sich brachte und erfuhr viel über die Heilkunde, die Juliette von klein auf voller Hingabe praktiziert hatte und nun in der Fremde ihr Wissen mit den Jahren weiter und weiter vergrößerte. Bis zu dieser unruhigen Zeit, in der die Kunst zu heilen und der Wunsch zu helfen schon mal voller Neid beobachtet wurde. Von denen, die solche Fähigkeiten nicht verstanden. Oder nicht verstehen wollten, weil sie selbst um ihre Anerkennung rangen.

Anna atmete tief ein, langsam wieder aus, wendete energisch den Blick von dem fernen Rinteln ab und spazierte auf den Vorplatz des Stratehofs. »Hier«, sagte sie dem Knecht, der sich mühte, den Platz von den Hinterlassenschaften der Tiere zu säubern, und drückte ihm das Führseil in die Hand. »Bring Cleopatra in den Stall und gib ihr etwas Futter.« Der Junge nickte nur, schnalzte kurz und führte das Pferd fort zur Remise.

*

2020
März

Es knallte – nun schon zum zehnten Mal in der letzten Stunde. Thomas Rüggemeier zuckte zusammen, obwohl er informiert war, was dort vor sich ging. Er, als zuständiger Förster für die Region, wusste Bescheid. Was ihn aber nicht daran hinderte, sich bei jedem Knall, der durch die kleinen Schluchten raste, zu erschrecken. Die paar Tage Jagdzeit auf die Wildtruthähne hatte begonnen und die Kreisjägerschaft schien ihr Soll für dieses Jahr schon erfüllt zu haben, wenn es in dem Tempo weiterging. Falls sie treffsicher waren. Thomas schmunzelte und schrak gleich wieder auf, als erneut ein Schuss ertönte. Kleine Strafe für liederliche Gedanken.

Thomas schnappte einen kurzen Ast vom Boden und hob ihn weit hoch über seinen Kopf, der Hund aufgeregt vor ihm her springend. »Hol! Vulkan, hol!«

Er ließ das Tier von der Leine und warf den Stock ein Stück voraus. Sein Schäferhund Vulkan, der bisher treu an seiner Seite marschiert war und sich durch die Knallerei nicht irritieren ließ, rannte mit Begeisterung los, um das Holzstück zu apportieren. Er schnappte danach, drehte sich um und fetzte zurück, um ihn vor seinem Herrchen wieder abzulegen. Er setzte sich hin, sah Thomas an und schlug wild mit seinem Schwanz auf den Feldweg auf dem Haiberg zwischen Kalldorf-Mitte und der Steinegge im Kalldorfer Süden.

Thomas klopfte Vulkan belohnend auf den Rücken, beugte sich weiter hinunter und nahm den Stock hoch, um ihn erneut zu werfen. Vulkan wartete voller Anspannung, doch sein Herrchen stoppte und horchte. Sein Mobiltelefon summte. Er warf den Stock, zog dann das Telefon aus der Knietasche seiner Arbeitshose und klickte auf den Hörer.

»Thomas Rüggemeier, guten Tag?«

»Spreche ich mit Herrn Rüggemeier? Ich habe Sie nicht ganz verstanden.«

»Ja.«

»Oh, gut. Hier ist das Klinikum Lemgo. Wir haben Frau Inge Süvern eingeliefert bekommen. Sie sind der Ansprechpartner in Notfällen?«

Thomas stutzte. »Ja? Öhm, das kann ich jetzt gar nicht sagen. Wie kommen Sie an meine Nummer?«

»Sie stehen hier auf der Notfallliste von Frau Süvern.«

»Oh, ja. Ich bin ihr Neffe. Ihr letzter Angehöriger. Das stimmt.«

»Können Sie bitte hier ins Klinikum kommen? Wir benötigen Unterschriften von Ihnen und die Einverständniserklärung für die folgenden Behandlungen.«

»Ja, sicher. Das kann ich.« Thomas blickte zu Vulkan runter, der mit dem Stock im Maul zu ihm aufschaute. Nicht ganz bei der Sache zeigte er auf den Boden und Vulkan ließ den

Stock fallen. »Was ist denn überhaupt passiert?«

*

»Ach du meine Güte.« Kleine Rauchfahnen drückten sich aus der Brennkammer unter der verschlossenen Tür durch, das Feuer wurde lauter, der Ofen klang immer bedrohlicher. So ein Mist, warum brannten diese dämlichen Holzstücke heute schon wieder nicht richtig an? Warum ging die Abgastemperatur wieder herunter? Die letzten Monate hatte sie es doch so toll im Griff gehabt. Und nun? Schon wieder der Brennraum voller Qualm. Qualm, der seinen Weg heraus suchte. Renate Kallen presste die Klappe fest an den Holzvergaser und fixierte sie mit dem Türgriff. Dabei wusste sie, dass das wenig brachte. »Wolfgang!« Renates Stimme schallte schrill durch den Heizungsraum bis auf den Vorplatz des Möller-Meierhofes im Kalldorfer Süden. »Wolfgang! Bitte komm mal.« Hoffentlich konnte ihr Mann sie hören, bei dem lauten Regen, der auf das Scheunendach pladderte.

»Was ist denn, Rena?« Wolfgang steckte seinen Kopf durch die oben offene Klöntür des Schuppens und guckte Richtung Heizungsraum.

»Komm doch mal. Schau dir das an. Dieser blöde Holzvergaser, da kommt Rauch aus der oberen Brennkammer. Die Scheite brennen mal wieder nicht richtig an. So fest kann ich gar nicht zudrehen, dass es nicht trotzdem rausqualmt.« Prompt waberte, wie zur Bestätigung, erneut eine kleine Rauchwolke zwischen den Dichtbändern hindurch. Renate schüttelte genervt mit dem Kopf. »Ich habe echt einen Heidenrespekt vor dem Ofen. Diese Qualmerei ...« Sie klopfte sich mit der Hand auf den Brustkorb und seufzte laut.

»Weiter Luft zuführen hat wohl keinen Sinn, oder?« Wolfgang tippte sich auf die Lippen und kaute nachdenklich am Zeigefinger. »Da hilft wahrscheinlich nur abwarten, bis die Temperatur wieder von selbst ansteigt.« Er öffnete die Klöntür ganz und schlenderte zu seiner Frau, nahm sie in den Arm und presste ihr einen Kuss auf die Stirn.

»Ich weiß, ich weiß. Trotzdem finde ich das beängstigend. Aber ich bin froh, dass du da bist. Das nimmt dem Ganzen etwas den Schrecken, wenn man nicht allein vor diesem Gequalme steht. Ich bin sicher wieder selbst schuld, habe die Scheite nicht dicht genug gestapelt und die Tür zu früh geschlossen.« Erneut seufzte sie. »Ich bin heute einfach nicht bei der Sache. Weiß nicht warum.«

Ihr Mann zwinkerte Renate liebevoll zu, griff hinter sie und stellte den Abluftventilator an. Er nahm ihre Hand und zog sie aus dem Raum Richtung Hof. »Komm mal mit, ich muss dir draußen etwas zeigen.«

»Na gut. Ich schau dann später noch mal nach dem Ofen.« Renate strich ihrem Mann liebevoll über dem Unterarm und marschierte um einiges beruhigter neben ihm her.

Wolfgang trat auf den Hof und zeigte Richtung Osten. »Guck mal. Da kannste nie genug von kriegen, oder?«

Renate folgte seinem Blick und hielt die Luft an. Die Regenwolken waren ein Stückchen weitergezogen und die Sonne vom Westen leuchtete über den Hof und zauberte einen wunderschönen dicken, fetten Regenbogen zwischen der Steinegge und dem Langenholzhauser Forst. Sie lehnte sich an ihren Mann und genoss den Anblick. »Stimmt. Auch nach Jahrzehnten hier auf dem Hof bekomme ich von diesem Naturschauspiel nie genug.« Ihre linke Hand suchte nach der rechten ihres Mannes und ergriff sie. »Habe ich letztens erst wieder gelesen, war mir völlig entfallen: Wusstest du eigentlich, dass der Regenbogen einen Vertrag zwischen Gott und den Menschen bedeutet? Oder besser ein Versprechen?«

Wolfgang schüttelte den Kopf.

Seine Frau tippte sich nachdenklich mit dem Zeigefinger auf den Mund und schaute angestrengt nach oben. »Hat was mit der Sintflut zu tun. In der Bibel steht sowas wie, lass mich mal überlegen, vielleicht krieg ich es noch auf die Reihe. ›Und Gott sprach: Dies ist das Zeichen des Bundes, den ich stifte zwischen mir und euch und allen Lebewesen, für alle kommenden Generationen: Meinen Bogen stelle ich in die Wolken.‹« Renate unterbrach sich kurz, kaute auf ihrer Unterlippe und fuhr fort: »›Der soll ein Zeichen des Bundes zwischen mir und der Erde sein. Wenn ich nun Wolken heraufziehen lasse über der Erde und der Bogen in den Wolken erscheint, dann will ich mich meines Bundes erinnern, der zwischen mir und euch besteht und allen Lebewesen, allen Wesen aus Fleisch, und nie wieder wird das Wasser zur Sintflut werden.‹[1] Genau, und irgendwie so weiter«, zitierte Renate. »So ähnlich stand es da. Kein Wunder, dass ich diese Wetterlagen so liebe.« Sie drückte Wolfgangs Hand und beide betrachteten weiterhin die Strahlen der Sonne und das Farbspiel am Himmel.

Der Augenblick währte nicht lange, da hörten die beiden schnelle Schritte über die Kieseinfahrt laufen und drehten sich um. Wolfgang hob die Hand. »Hallo, Thomas. Woher kommst du denn angerannt?« Doch der junge Mann winkte ab, zog seinen Schäferhund an der Leine zu sich heran und schnappte nach Luft.

»Ich war spazieren, mit Vulkan. Oben, auf dem Winterberg, Tante Inge, da ist was passiert. Ich brauch mein Auto. Ich muss zum Krankenhaus. Nehmt ihr den Hund? Bitte«, presste Thomas völlig durcheinander hervor. Er reichte Renate Vulkans Leine und preschte weiter Richtung Garage. »Sagt bitte Susa Bescheid, ja?« Thomas sprang in seinen Geländewagen, fuhr rückwärts heraus und aus der Ausfahrt vom Hof. Und weg war er.

»Inge?«, meinte Wolfgang. »Die war doch schon ewig nicht mehr im Kalletal, erst recht nicht auf dem Winterberg. Seltsam.« Sein Blick ruhte auf Renate, die erschrocken neben ihm stand.

»Darum … Das war es. Darum bin ich heute so neben der Spur.« Sie rieb sich fröstelnd die Oberarme. »Irgendwie hatte ich es im Gefühl, dass etwas nicht stimmt.«

Wolfgang nickte. Er wusste: Auf das Gefühl von Renate konnte man sich immer verlassen.

*

Es klopfte an der Tür des Gesindehauses. »Susa? Bist du zu Hause?«

Müde schlurfte Susanna Kallen Richtung Haustür, rubbelte sich kurz durch die lockigen roten Haare und gähnte herzhaft, während sie die Tür aufschloss und mit einer Hand das kiwifarbene T-Shirt glatt über die schwarze Jogginghose zog. »Ah, hallo, Mama, komm rein. Bin gerade erst aufgestanden, war eine lange Nacht, da brauchte ich am Mittag noch etwas Schlaf. Ist was passiert?« Sie sah in die verquollenen Augen ihrer Mutter und verstummte. Da war auch schon Vulkan an ihr vorbeigeprescht und zu seinem Schlafplatz gelaufen, die Leine hinter sich herziehend.

Susanna ging auf ihre Mutter zu und nahm sie in den Arm. »Mama, was ist denn?«

»Inge«, quetschte Renate heraus. »Inge ist verunglückt. Thomas ist schon los ins Krankenhaus. Ich sollte dir nur Bescheid geben und Vulkan zurückbringen.« Der Hund war schon zurückgekommen und presste sich zwischen die beiden Frauen, setzte sich und leckte an ihrer Hand, während Susanna ihm in Gedanken versunken mit der anderen Hand über den Kopf streichelte.

»Inge? Inge Süvern? Die Großtante von Thomas?«

Renate nickte, presste sich die Hand auf den Mund, doch die Tränen fingen schon wieder an zu laufen.

»Papa versucht gerade, etwas zu erfahren. Seine Kollegen von der Feuerwehr hatten heute den Rettungsdienst.« Sie rieb sich die Tränen vom Gesicht. »Wir müssen abwarten.« Und schon wollte sie sich umdrehen und losstürmen. »Der Ofen, ich habe den Ofen vergessen!«

Doch Susanna zog sie zurück. »Stopp! Jetzt setz dich erst mal hin. Ich geh runter zum Heizungsraum und schau nach. Und du gehst solange in die Stube.« Sie wies in die Richtung des Wohnzimmers, drehte sich um und war schon aus der Tür auf dem Weg zur Scheune. Vulkan stand auf und trottete Renate hinterher. Was für eine Aufregung an diesem Tag.

*

In der Scheune traf Susanna auf ihren Vater, die eine Hand um das Mobiltelefon gelegt, mit der anderen sie zu sich winkend.

»Ja, Klaus, alles klar. Danke für die Informationen. Wir warten dann ab, was Thomas sagt, wenn er zurück ist. Gut, bis dann. Tschüss.« Er unterbrach die Verbindung und ging auf Susanna zu. »Das war die Feuerwehr, die haben die Unfallstelle gesichert, deshalb durften sie mir sagen, was passiert ist. Hat schon auch Vorteile, Feuerwehrmann zu sein.«

»Warte kurz, ich muss grad nach dem Ofen schauen, dann kannst du mir erzählen, was denn da passiert ist.«

»Mit dem Ofen ist alles in Ordnung, ich habe schon geguckt. Er hat ordentliche Werte und qualmt auch nicht mehr. Jetzt müssen wir nur noch rausfinden, woran das immer liegt. Kann doch nicht das zu lockere Aufschichten der Holzscheite sein.« Ihr Vater kratzte sich am Nacken. »Oder vielleicht ist die Luftzufuhr falsch eingestellt? Hat jemand an den Muttern gedreht?«

Susanna spürte, wie ihr Vater immer weiter reden wollte, als wolle er von dem schlimmen Unfall ablenken.

»Nein, Papa«, unterbrach sie ihn. »Da war sicher keiner dran. Habt ihr mal auf das Barometer geschaut? Der Druck müsste gesunken sein, es soll doch ein Tiefdruckgebiet und Schlechtwetter kommen. Thomas hat mir das erklärt, dass dann Rauch zurückgedrückt wird. Vielleicht kommt das Problem mit dem Anbrennen daher. Lass uns das nachher mal prüfen.«

»Wieso bin ich da nicht selbst drauf gekommen?« Er schlug sich vor die Stirn. »Schön blöd. Und sowas will ein Bauer sein. Na ja, ein Glück haben wir den Vergaser noch nicht so lange. Ist doch eine gute Ausrede.« Er lächelte und Susanna sah ihre Chance gekommen.

»Mama ist bei mir im Gesindehaus. Willst du mitkommen? Dann kannst du uns beiden erzählen, was du erfahren hast.«

»Klar, mach ich.« Er riegelte die Tür zum Heizungsraum ab, ging hinter seiner Tochter her und zog auch die Klöntür ins Schloss. Ein Bösewicht ist ein böser Wicht, wenn er ist auf dein Gut erpicht. Man wusste ja nie, wer sich so auf fremde Gehöfte verirrte. Heutzutage war Abschließen angesagt. Sogar in so einer idyllischen Regenbogenlandschaft, wie im Kalletal.

*

Im Gesindehaus schlug die Pendeluhr in dem Moment die volle Stunde, als Susanna und ihr Vater durch die Haustür traten. Vulkan stand schon am Eingang und presste seine Schnauze in Susannas Hände. Er spürte die Unruhe, die im Haus herrschte. Sie klopfte auf ihren Oberschenkel, ging sogleich in das Wohnzimmer und ließ sich auf das Sofa fallen. Vulkan, geradewegs hinter ihr her, legte nun die Schnauze auf ihre Knie. Auch Wolfgang setzte sich dazu und fing direkt an zu erzählen, was er in Erfahrung gebracht hatte.

»Ehrlich?« Renate Kallen wurde blass. »Sie ist mit Vollgas den Berg runter und hat die Kurve nicht gekriegt?«

»Ja. Klaus und die Kollegen haben keine Bremsspuren gesehen. Der Wagen ist direkt über den Abhang runter aufs Feld und hat sich dort überschlagen. Zum Glück hatte das jemand beobachtet und sofort den Rettungsdienst gerufen.«

»Bremsversagen, irgendwelche Defekte?« Susanna presste die Lippen zusammen, denn sie ahnte schon, was nun kam.

»Sieht bisher nicht so aus.«

»Also Absicht?«

Ihr Vater nickte still.

Susanna kraulte gedankenverloren Vulkan am Hals und blickte dann auf und sah ihre Eltern an. »Woher kennt ihr sie eigentlich so gut? Sie wohnt doch schon ewig in Costedt und war doch sicher schon Jahrzehnte nicht mehr in Kalldorf. Thomas meinte, sie hätte regelrechte Ängste entwickelt. Ein paarmal hat er versucht, mit ihr darüber zu reden, doch sie hat sofort abgeblockt. Irgendwann hat er aufgegeben.«

Renate nickte, schaute von ihrem Mann wieder zu Susanna. »Stimmt. Sie war schon ewig nicht mehr hier. Aber Papa und ich haben sie öfter in Costedt besucht. In den Achtzigern, da hat sie sich mit der Pinte auf dem Flugplatz selbstständig gemacht. Scheint ganz gut zu laufen. Da war sie glaube ich Anfang vierzig. Ihre Vergangenheit hat sie wohl ganz hinter sich gelassen. Oder verdrängt, das kann ich nicht sagen.« Sie stockte kurz und spitzte die Lippen, als wäre ihr noch etwas eingefallen. »Aber, wegen deiner Frage: Ja, also ich kenne sie schon ewig. Sie soll so ein fröhliches Kind gewesen sein und auch als junges Mädchen immer so voller Lebenslust und Freude. Wobei, das mit dem Kind kann ich eigentlich gar nicht sagen. Ich war da ja noch nicht geboren. Aber meine Eltern kannten sie gut. Sie hat, als ich klein war, oft auf mich aufgepasst. Wenn Oma und Opa auf dem Feld waren oder sich um die Pferde kümmern mussten. Inge war damals schon sehr oft bei uns.«

»Komisch, oder? Wie alt war sie da? Zwölf?«

»Ja, das kommt hin. Zwölf oder dreizehn. Das muss kurz vor Abschluss der Volksschule gewesen sein. Ich kann aber nicht sagen, mit wie viel Jahren sie eingeschult wurde. Bei mir gab es Volksschulen ja schon nicht mehr.«

»Zuhause war sie wohl viel allein und suchte Gesellschaft«, warf Susannas Vater ein.

»Aber ich denke, sie hatte so viele Geschwister.« Susanna runzelte die Stirn.

»Ja, schon, aber die waren doch einige Jahre älter.« Wolfgang wandte sich an Renate. »Das weißt du doch sicher besser. Wie viele Jahre waren die auseinander?«

»Zwanzig, jedenfalls der älteste Bruder. Die jüngste Schwester war zehn, zwölf Jahre älter, glaub ich.«

»Hui!« Susanna war baff. »Zwanzig Jahre älter. Die Geschwister hätten ja glatt ihre Eltern sein können.«

»Kriegszeiten halt. Der Vater war auf Heimaturlaub und einige Monate später gab es einen kleinen Nachzügler. Mitten im Krieg.« Renate schmunzelte. »Das muss für die Familie etwas Besonderes gewesen sein. Ein Lichtblick in den schlimmen Zeiten. Inge soll so ein sonniges Kind gewesen sein.«

»Aber in den Zeiten, wo es so wenig zu essen gab, da noch ein weiteres Kind durchbringen?«, hakte Susanna nach.

»Hier auf dem Land waren die meisten noch Selbstversorger. Ich denke, da kam es nicht drauf an. Die Großen waren auch schon aus dem Haus oder besser an der Front. Und die beiden Schwestern in Stellung bei Familien der britischen Besatzung in Bad Oeynhausen.«

»Und Ländereien hatten die doch auch, oder?«, ergänzte Wolfgang Kallen.

»Ja? Das weiß ich gar nicht mehr.«

»Ihr sagt beide, sie wäre ein fröhliches Kind gewesen und soll als junge Frau ebenfalls lachend durchs Leben gegangen sein. Aber«, Susanna brach ab. »Aber, was ist denn passiert, dass sie sich später so gewandelt hat?«

*

1951

Bauer Rügge tuckerte in seinem neuen Lloyd LP 300 fröhlich pfeifend und mehr als stolz die

Krückebergstraße entlang. Vor ein paar Wochen erst hatte er dieses wunderschöne schlammfarbene Gefährt vom Händler abgeholt und es hatte weder Kratzer noch Schmutzflecken, so sehr gab er auf seinen hübschen Zweitakter acht.

Endlich hatte er die Abzweigung zum Winterberg erreicht und setzte den Blinker nach rechts, um in die Straße, die in die Mitte von Kalldorf zum Gasthaus Alter Krug den Berg runter führte, einzubiegen. Lange Kurve links, lange Kurve rechts, ein bisschen geradeaus und er wäre so gut wie da. Pfeifend fuhr er weiter, schob sich seine Schirmmütze zurecht und ... bremste abrupt.

Es knirschte. Ein Fahrrad. Unmittelbar vor seinen Augen, vor der Windschutzscheibe, rutschte ein kleines Mädchen von rechts vorn über die Motorhaube und er sah ihr direkt in die schwarzbraunen, weit aufgerissenen Augen. Dann rutschte der Körper wieder dahin runter, von wo er gekommen war. Bauer Rügge schluckte. Er hatte vor Schreck den Motor abgewürgt, doch das war egal. Er musste raus, musste schauen, was er da angestellt hatte. Wo war dat wacker Luit bloß hergekommen? Aus dem Nichts, wie es schien, denn am Weg zum Hof standen hohe Bäume, und der Grund war von einer hohen Bruchsteinmauer gesäumt. Man konnte nicht sehen, ob es Hofausfahrten gab. Es gab eine, das wusste er genau, aber sehen konnte man das von der Straße nicht. War das Mädchen daher gekommen?

Der Bauer stieg aus und ging vorne um den Wagen herum. Da sah er das ganze Elend: ein altes, leicht rostiges Anker-Damenrad, das mit verbogenem Lenker vor dem Vorderrad des Lloyd lag. Und daneben erhob sich gerade ein kleines Mädchen, acht oder vielleicht auch zehn Jahre alt, so genau konnte er das nicht einschätzen. War ja auch egal.

»Ist alles in Ordnung bei dir?«

»Ja, ja, nix passiert«, fiepte die Kleine nur und versuchte verzweifelt, den Lenker wieder gerade zu richten, doch es gelang ihr nicht.

»Gib ma, ich dreh das wieder hin.« Er nahm ihr das Rad aus der Hand und ruckelte ein wenig, damit der Lenker richtig saß. »Haste dir gar nicht wehgetan?«

Das Mädchen schüttelte den Kopf. Sie zitterte, ihre Strümpfe waren bis auf die Füße in den braunen Sandalen runtergerutscht, doch sie schien das nicht zu bemerken. Ihr kariertes Kleidchen schien nur den Staub vom Straßenrand abbekommen zu haben, den sie aufgeregt mit den Händen wegzuklopfen versuchte. »Mein Fahrrad, ich will mein Fahrrad. Ich muss weiter«, klagte sie und versuchte, Bauer Rügge das Rad aus den Händen zu zerren.

»Nun warte doch, warte. Wir müssen doch erst sehen, ob alles in Ordnung ist. Wo ist denn deine Mutter? Wohnst du hier auf dem Hof, da wo du herausgeprescht bist?« Sie nickte und riss weiter an dem Fahrrad, doch der Bauer ließ nicht los.

»Was machen Sie da? Lassen Sie dat Kind los«, rief es zornig von der Ausfahrt und Rügge hob den Kopf und sah einen wütend wirkenden Mann auf ihn zueilen.

»Ich halte sie gar nicht fest, ich halte nur das Rad fest. Sie müssen mit ihr zum Arzt. Nicht, dass sie sich etwas gebrochen hat. Sie meint zwar nein, aber in dem Alter … Die Knie sehen schon därbe zerkratzt aus … Sie sind der Vater, ja?«

»Nein«, knurrte der Mann, der weit in den Zwanzigern zu sein schien. »Ich bin ihr Bruder. Wat ist denn los, dass sie hier stehen und dat Blag aufhalten?«

»Ich halte sie doch nicht auf.« Der Bauer wehrte ab. Er ging auf den Mann zu und wollte ihm die Hand reichen. »Gestatten, Rügge, aus Langenholzhausen.« Doch der Mann ignorierte seinen Gruß und der Bauer zuckte nur mit den Schultern. »Ich bin hier entlanggefahren, da kam Ihre Schwester wie ein Wirbelwind mit dem Fahrrad aus der Einfahrt herausgefetzt, fuhr direkt auf meiner Seite und prallte auf mein Auto. Ich hatte keine Chance.« Er drehte sich zu seinem geliebten Wagen, betrachtete die Delle auf der Motorhaube und die Kratzer am Kotflügel und seufzte laut. »Ach, er ist noch ganz neu. So schade.«

Der Mann zog seine Schwester grob am Arm zu sich heran. »Was läufst du auch weg«, zischte er.

Die Kleine riss sich los. »Ich muss weiter.« Sie zerrte wieder am Rad.

»Du musst gar nichts, du musst jetzt erst mal mit ins Haus und dich wieder sauber machen.« Er wollte das Mädchen hinter sich herziehen.

»Ja, und die Versicherung? Die Arztkosten?« Rügge war völlig verwirrt, dass er so leicht aus dieser Situation entlassen werden sollte. Das war doch ein Kind!

Der Bruder winkte ab. »Nur 'n Klacks. Bisschen rammdösig. Alles gut, fahren Sie nur. Sie hat nichts. Ja?«, sagte er barsch zu der Kleinen. Die nickte.

Bruder und Schwester drehten sich um und Rügge schaute erstaunt hinterher, wie der Mann das Mädchen in der einen Hand die Hofeinfahrt lang hinter sich herzerrte, in der anderen Hand das Rad rollte und das Mädchen verzweifelt versuchte, sich aus dem festen Griff zu befreien. Doch es gelang ihr nicht.

»Klüngel nicht so rum! Du wirst schon sehen, was dir das bringt.« Rügge war sich nicht sicher, ob er das richtig gehört hatte, denn die beiden waren schon ein Stück weit weg.

Nun ja, es war der Bruder, wenn auch ein sehr alter Bruder. Aber in diesen Zeiten wohl ganz normal. So strich er nur mit leichtem Zittern über die runden Kotflügel, ging zur Fahrertür, stieg ein, ließ den Motor wieder an und fuhr nachdenklich seinem Ziel am Ende der

Straße unten im Ort entgegen. Eine Kurve links, eine Kurve rechts …

*

Aufs linke Bein, aufs rechte Bein, hin und her. Zweimal links, zweimal rechts, so hüpfte die kleine Inge den Pattweg am Wiebesiekbach runter vom Zuhause auf dem Winterberg bis zu der kleinen Dorfschule in Kalldorf.

Sie war das einzige Kind auf diesem Weg und so scheute sie sich nicht, laut vor sich her ein altes, von ihr verballhorntes Lied hinzusingen: »Oh, wenn im Dorfe die Bratkartoffeln blühn, dann ist alles in Butter und nuuhr der Vater knutscht die Mutter. Ja, wenn im Dorfe die Bratkartoffeln blühn, ist alles wieder gut und alles wieder schön.« Sie drehte sich mit ausgebreiteten Armen um sich selbst und hüpfte weiter summend den Weg entlang. Doch sie musste sich sputen, durfte nicht zu spät kommen. Der Lehrer Tönnies war besonders streng. Zuspätkommen duldete er nicht. Und Inge wollte ihm doch zeigen, was für ein braves und erst recht was für ein schlaues Mädchen sie war. Wissbegierig, lerneifrig.

Hach, all das, was doch für ein gutes Leben wichtig war. Oder etwa nicht? Bei der Mutter auf dem Hof oben auf dem Winterberg, da war Wissen nicht wichtig. Ein Mädchen sollte fleißig sein und folgsam, den Haushalt in Ordnung halten, das Vieh versorgen, den Garten pflegen. Und diese unnötige Volksschule zügig hinter sich bringen. So hatte ihr großer Bruder, der Hermann, ihr immer und immer wieder zugeflüstert, als sie wieder einmal über ihren Heften saß und mit der Zunge in die Mundwinkel gequetscht voller Anstrengung die Weltkugel nachzeichnete und alles ordentlich beschriftete und ausmalte. Das war die Schulaufgabe für den nächsten Tag und die wollte sie besonders sorgfältig erledigen. Es sollte nicht mehr lange dauern, dann wurde entschieden, ob sie pfiffig genug war, noch länger zur Schule zu gehen. Dorthin, wo man all das lernen konnte, was sie so unbedingt lernen wollte. Naturwissenschaften, höhere Mathematik, Literatur. Hach, schon der Gedanke an solch eine spannende Zukunft ließ sie zittern.

Und dann hatte der Hermann sie mit seinen blassen, schwieligen Händen grob vom Küchentisch weggezogen. »Lass das, Püppi. Du bist doch so ein süßes kleines Mädchen. Hör mit dem Unfug auf und komm mal mit. Ich will dir was zeigen. Im Stall. Die Osterlämmer sind da.«

Inge hatte aufgeblickt und ihm in seine Augen gesehen. In seine kalten blauen Augen. Wie sie diesen Spitznamen hasste. Ihr war klar: Es war wieder so weit. Sich wehren hatte wenig Sinn, es machte alles noch viel schlimmer. Also, wenn es sein musste ... So klappte sie ihr Heft zu, schob den Stuhl zurück und folgte ihrem Bruder in den Stall. Es wurde Zeit, dass der Vater von der Kur zurückkam, gesund und voller Kraft. Es wurde Zeit, dass der Hermann wieder ging. Zurück in sein eigenes Leben. Fern von ihr und fern von dem Stall, diesem dreckigen, lästigen Ort, in dem das Schwein und die Schafe lärmten, im Angesicht des Schauspiels, das ihnen von Zeit zu Zeit geboten wurde.

Inge hörte die Glocken und unten am Weg sah sie schon die Antje ihr zuwinken. Schnell, sie musste jetzt rennen. Sie würde pünktlich sein, das konnte sie noch schaffen. So wie sie alles schaffte, irgendwie, denn sie war ein fleißiges und folgsames kleines Mädchen.

*

Die Tür zum Schulraum stand noch offen. Alles gut. Doch die Freundin wurde zappelig.

»Inge, nun komm doch. Der Lehrer ist schon auf der Treppe. Wir müssen schnell auf unsere Plätze.« Antje zerrte an Inges Jacke, doch die rührte sich nicht. Blieb auf dem Boden sitzen, mit Tränen in den Augen.

»Ich kann nicht. Der Friedrich, der hat gelästert. Immer wieder lästert er. Und macht meine Mutter schlecht. Warum nur? Warum ist er so böse zu mir? Was hab ich ihm getan, Antje? Sag doch.«

Aber Antje konnte nicht mehr antworten, denn Lehrer Tönnies war schon um die Ecke getreten und sah die beiden Mädchen vor dem Klassenraum reden. Antje riss die Augen auf, trat zurück, drehte sich um und verschwand durch die Tür. Da war Inge allein. Wie so oft. Langsam erhob sie sich und senkte den Blick, als der Lehrer vor sie trat, ein steifes Bein hinter sich herziehend, die Hand an der Rute, die er mitsamt seiner Schultasche bei sich trug.

»Wen haben wir denn da? Die kleine Klemme. Die Inge. Was hast du hier zu suchen? Du gehörst in den Raum zu den anderen Schülern. Und?«

Inge blieb still.

Er hob mit der freien Hand Inges Kinn an und schaute ihr ins Gesicht. »Was ... hast ... du ... hier ... zu ... suchen?«, presste er hervor. Weiterhin kein Laut von dem kleinen Mädchen, stattdessen senkte sie erneut ihren Blick und fixierte ihre Kniestrümpfe. O je, einer war verrutscht. Wie sah sie nur aus – unpassend.

»Na schön, wir wollen doch mal sehen, ob du nicht antworten kannst.« Und schon spürte Inge die Rute auf dem Oberschenkel. Erneute Tränen hielt sie zurück. Und blieb still. Fest presste sie die Lippen aufeinander.

Lehrer Tönnies schlug erneut zu und schrie nur noch: »Ab. Sofort ab in den Raum. Ab in die Ecke. Da bleibst du. Auf jetzt!« Er schob Inge durch die Tür, ging selbst hindurch und schloss sie hinter sich.

Das kleine Mädchen verzog sich in die Strafecke und sah nur kurz die Schulkameraden an, von denen die meisten verschüchtert nach vorne zum Lehrer blickten. Nur Friedrich grinste sie hämisch an und formte mit seinem Mund die Worte, die Inge so ängstigten: »Von 'nem Neger oder Schornsteinfeger, die Lütt ging inne Pütt verschütt. Neger, Neger, Schornsteinfeger.« Dabei rieb er den rechten über den linken Zeigefinger. Schön brav unter dem Tisch versteckt. Herr Tönnies sah es nicht.

Unmöglich, diese verwaschene Aussprache mit dem ›g‹ wie ein ›chj‹ und dann das ›er‹ zu einem ›a‹ hochgezogen. Grauenhaft. Inge presste die Lippen zusammen und drehte den Kopf zur Seite. Sie würde das durchstehen. Das machte ihr nichts, denn sie war ein gutes Mädchen.

2

2020

Ich bin ihr Neffe. Genauer gesagt, ihr Groß-neffe.« Thomas löste den Blick von seiner Großtante und schaute den Arzt an. »Ihr einziger Angehöriger.« Er stockte. »Können Sie mir etwas dazu sagen, wie es ihr geht?«

Unruhig klackerte der mit seinem Kuli auf dem Klemmbrett herum. »Wir mussten sie sedieren, sie schläft jetzt. Die Untersuchungen sind noch nicht abgeschlossen. Ab morgen wissen wir sicher mehr. Auf jeden Fall hat sie sehr viel Glück gehabt. Bei dem Blutalkohol-gehalt hätte es im Normalfall keinen Unfall mehr gebraucht.« Und schon wollte er weiter-eilen, zu anderen Patienten auf der Intensiv-station, doch Thomas hielt ihn zurück.

»Darf ich zu ihr rein?«

»Gut. Ein paar Minuten ist okay. Frau Sü-vern braucht jetzt viel Ruhe.« Er machte eine der Schwestern am Tresen auf sich aufmerk-sam, zeigte auf Thomas und hielt zehn Finger hoch. Die Schwester nickte. Und auch Thomas hatte verstanden. Zehn Minuten, immerhin.

Im Intensivzimmer piepte und klackte es unaufhörlich. Thomas versuchte, die Geräusche auszublenden, schob sich an dem Bett am Gang vorbei und ging auf das seiner Großtante zu. Er zog sich einen Stuhl heran, setzte sich hin und betrachtete sie. Ihre Hände lagen auf der Bettdecke, ihr Gesicht war zur Hälfte mit einer Atemmaske bedeckt. Ob sie genug Luft bekam? Die Anzeigen auf den Geräten konnte Thomas nicht einordnen. Waren die nicht viel zu tief? Die Schwestern würden schon wissen, was zu tun sei. Trotzdem eine seltsame Situation. Ein Körper in einem Bett, so wirkte es. Als wär Inge gar nicht da.

Sie sah so anders aus, der Haaransatz war mausgrau nachgewachsen, die rotbraun gefärbten kurzen Haare wirkten irgendwie seltsam. Komisch, Inge hatte doch immer so darauf geachtet, dass sie ordentlich aussah, dass sie einen guten Eindruck machte. Jedenfalls das, was sie als ordentlichen Eindruck ansah. Thomas hätte das vermutlich anders gesehen. Er fand ihr Verhalten eher auffällig. Warum stand man nicht zu seinem Alter? Mit über siebzig brauchte man sich doch für graue Haare nicht schämen. Aber das war es wohl. Diese Generation schien irgendwas kompensieren zu wollen.

Was dachte er sich da eigentlich zusammen? Er hätte sie öfter besuchen sollen, denn das war mal klar.

Schuldbewusst griff er nach Inges Hand. Sie war so kühl. Er streichelte sanft über ihren Handrücken. »Ach, Inge, was ist da bloß passiert?« Hatte das Piepen zugenommen? Hatte sie reagiert? Blutalkoholgehalt? Langsam drang diese Information in sein Bewusstsein. Wie hatte sie da Auto fahren können? Warum war sie mit dem Auto unterwegs gewesen? Und dann noch Richtung Kalletal. In die Nähe ihres Geburtshauses? Thomas versank erneut in seine Gedanken.

»Herr Rüggemeier?«

Erschrocken drehte Thomas sich um. Die Krankenschwester.

»Die zehn Minuten sind um.« Sie trat zu den Überwachungsgeräten und überprüfte die Schläuche, die irgendwo unter der Bettdecke versteckt zu Inges Körper führten. »Sie können morgen anrufen und einen neuen Besuchstermin ausmachen. Derzeit pro Tag nur eine Person. Sie haben davon gehört?«

»Ja. Es muss ja sein. Aber wenn man diese schreckliche Epidemie dadurch eindämmen kann. Da müssen wir wohl alle durch.«

»Epidemie? Pandemie trifft es wohl eher. Aber, wie gesagt, melden Sie sich vorher an, wenn Sie Frau Süvern besuchen wollen.«

»Mach ich.«

»Morgen können die Kollegen Ihnen auch sagen, was sie noch alles benötigt. Ein paar persönliche Gegenstände, Waschzeug und so. Ab morgen wissen wir Genaueres. In Ordnung?« Sie wartete seine Antwort nicht ab, sondern rauschte geschäftig wieder aus dem Intensivzimmer heraus. Den Gang entlang, zum nächsten Bett, zum nächsten Körper.

*

1960
Sommer

Was für ein Glück! Die Sonne schien, es war nicht zu warm, sondern richtig angenehm, die Schmetterlinge flatterten über den Parkplatz vor der Pinte und zauberten Inge ein Lächeln auf das Gesicht. Ein perfekter Tag für das alljährliche Sommerfest auf dem Flugplatz in Costedt.

»Los, komm endlich«, maulte Antje und zog ihre Freundin am Arm aus der geschützten Ecke, in der sie stand, um das schöne neue Sommerkleid zurechtzuzupfen, das sie sich extra für den heutigen Tag genäht hatte. Lange hatte sie nach dem Blumenmuster gesucht. Weiß mit Blau. Wie der Himmel und die Wolken. Passend für einen Tag wie diesen.

Inge schloss schnell die oberen Knöpfe der kurzen lockeren weißen Strickjacke, die sie sich über das ärmellose Oberteil gezogen hatte, drehte sich im Kreis und ließ den weiten Rock schwingen. Den glänzenden dunkelbraunen Pagenkopf mit der störrischen Außenwelle hatte sie mit einem Haarband aus dem Kleiderstoff fixiert. »Perfekt. Sitzt«, raunte sie Antje zu.

Die beiden Mädchen grinsten sich an und schlenderten aus der Ecke bis zum Vorplatz vor der Pinte. Vorbei an den unzähligen Grüppchen, die sich aufgeregt unterhielten und in den Himmel zeigten oder an den verschiedenen Ständen vorbeigingen, sich über die Flugplatzvereine informierten, zwischen Ansteckern und Fachbüchern stöberten, Süßkram schleckten oder sich das erste Bier des Tages gönnten. Oder war es schon das zweite? Das dritte? Bei manchen Festbesuchern konnte man das nicht mehr unterscheiden. Inge schüttelte genervt den Kopf. Öffentlich trinken und vielleicht noch ausfällig werden, geht gar nicht. Da wandte sie lieber den Kopf ab und blickte nach oben. Über ihren Köpfen drehten die kleinen Flugzeuge ihre Platzrunden. »Was hältst du von einem Rundflug?«, fragte sie ihre Freundin.

»Unsinn. Viel zu teuer.«

»Es gibt eine Tombola. Da vorne, vorm Kontrollturm.« Inge wies auf den Stand neben dem Eingang zum Vorfeld. »Wir können es ja mal versuchen.«

»Später, ja? Ich habe Hunger«, maulte Antje und drängte in Richtung des Versorgungszeltes, das neben den Flugzeughallen aufgebaut war. Sie schnüffelte laut. »Riechst du das?«

Inge schüttelte lachend den Kopf.

»Nein? Riech doch mal. Paprika. Mit Speck. Riecht nach Eintopf, nach Kesselgulasch. Wetten, den gibt es aus der Gulaschkanone? Lecker. Da geh ich zuerst hin. Kommst du mit?« Aufgeregt tänzelte Antje vor Inge her. »Bitte, komm mit!«

»Ist ja gut, ich komm ja schon.« Gulaschkanone. Das klang gut. Weniger wegen des herzhaften Essens, das interessierte Inge kaum. Sie hatte hinter den Zelten die Bundeswehrfahrzeuge entdeckt. Die mit dem Zeichen vom Fliegerhorst Diepholz, mit dem Wappen der Fliegerführerschule S, der Sondereinheit, in der auch Flugzeugmechaniker ausgebildet wurden. Darum war sie heute hier. Denn nicht nur die Fahrzeuge, die Zelte und die Ausrüstung für die Verpflegung der Sommerfestbesucher waren heute vom niedersächsischen Luftwaffenstützpunkt hier im ostwestfälischen Costedt aufgebaut worden. Nein, daran verschwendete sie keine weiteren Gedanken. Inge ließ ihren Blick über die jungen Männer in ihren makellosen Ausgehuniformen schweifen, die in kleinen Gruppen über das Flugplatzgelände marschierten und sich die ausgestellten Flugzeuge anschauten. Eine Gruppe mit drei Soldaten kam gerade an Inge und Antje vorbei und machte sich auf den Weg zum Zelt. Besonders einer hatte es Inge angetan. Der hatte so ein verschmitztes Grinsen im Gesicht, sowas Spitzbübisches. Und dann diese raspelkurzen hellblonden Haare mit den winzigen Locken, die sich schon wieder vorwitzig am Nacken unter dem Schiffchen hervorkringelten … Sogar aus der Entfernung konnte sie seine strahlenden graublauen Augen erkennen, die in diesem Moment zu ihr hinschauten. Er sah sie an, zog die Mundwinkel hoch und nickte ihr zu. Erwischt.

Inge senkte verschämt den Kopf und kaute auf ihrer Unterlippe.

»Inge?«

»Was?«, schreckte sie hoch.

»Kommst du jetzt mit ins Zelt?«

Die jungen Männer standen an der Schlange vor der Gulaschkanone an und unterhielten sich angeregt. Inge gab sich einen Ruck. »Na klar, komme.« Jetzt oder nie. Die Tombola konnte warten.

*

2020

»Mama, hast du auch manchmal das Gefühl, als ob jemand nach dir ruft? Nicht in echt, eher so im Kopf?« Susanna griff nach der Teekanne und schenkte ihrer Mutter nach. Die beiden hatten es sich auf der kleinen überdachten Veranda vor dem Gartenhaus gemütlich gemacht und genossen die ersten Frühlingstage und die frische Luft, die schon die Vorboten von grünem Gras und den Duft der ersten Blütenknospen mit sich brachte. Auf der Weide, die zwischen den Hofgebäuden und den großen Ackerflächen lag, grasten die Pferde aus der Zucht der Kallens. Eine ganz besondere Rasse, die roten Friesen, schon vor Jahrhunderten von ihren berühmten schwarzen Nachfolgern verdrängt. Nur hier wurden sie noch gezüchtet. Ruhige, geduldige und ausdauernde Arbeitspferde. Wie geschaffen für die verwinkelten Ecken des Teutoburger Waldes und die Aufgaben von Waldbauern und Forstwirten. Kaltblüter, im Einsatz als Rückepferde und in der Landwirtschaft.

Susanna atmete tief ein und lehnte sich auf der Bank entspannt zurück. »Weißt du, im

Haus, also nebenan bei mir im Gesindehaus, da habe ich manchmal das Gefühl, als wäre da jemand. Jemand, der auf mich aufpasst. Nicht unangenehm oder so.«

Ihre Mutter hob ihre Tasse an den Mund und pustete leicht über die Oberfläche, bevor sie den ersten Schluck nahm. »Mmh, schmeckt prima. Ceylon Orange Pekoe, nicht wahr?«

»Ja«, meinte Susanna knapp. »Aber jetzt lenk nicht ab. Hast du das auch schon mal gespürt, oder sogar etwas gesehen?«

Renate Kallen stellte die Tasse auf den Gartentisch und grinste, doch dann schaute sie ihre Tochter mit ernstem Blick an. »Ja, das habe ich. Es ist ungewöhnlich, ich weiß. Aber ich habe das immer damit abgetan, dass unser Hof hier schon so viele Jahrhunderte zu uns und unserer Familie, den Strates und den von Callendorps gehört. Und es haben viele hier gelebt, sind hier geboren, sind hier gestorben. Da bleibt der Geist, die Seele der Zeit in den alten Gemäuern, finde ich. Ich empfand das aber nie als unangenehm.« Sie umfasste die Hände ihrer Tochter mit ihren eigenen. »Wie kommst du jetzt darauf? Ist etwas vorgefallen, was dir Angst macht?«

»Nein, Angst eigentlich nicht. Ich fühle mich eher geborgen.«

»War es die Weiße Frau, die du gesehen hast?«

Susanna schluckte. »Kennst du sie auch? Hast du sie auch schon einmal gesehen? Im Gegenlicht, frühmorgens?«

»Ja. Aber das ist schon viele Jahre her. Da war ich noch ein Kind.« Sie schüttelte den Kopf und presste die Hände zwischen die Knie. »Als ich älter wurde, kam diese Erscheinung nicht wieder. Ich habe schon lange nicht mehr dran gedacht.«

»Hmm.« Susanna schaute nachdenklich in die Ferne und leckte sich über die Lippen. »Schon komisch. Vor ein paar Tagen erst, da hatte ich das Gefühl, sie wäre im Zimmer. Ich bin aufgewacht, da war sie weg. Als hätt' ich's mir nur eingebildet.« Sie stockte. »Mama, aus unserer Familiengeschichte ... Was ist damals mit der Anna von Callendorp und ihren Freunden passiert? Im 17. Jahrhundert meine ich. Dazu konnte ich bisher nichts finden.«

»Anna? Die Tochter von Andreas und Johanna von Callendorp? Die hat sich doch gegen den Grafen zur Lippe aufgelehnt. Da war irgendwas mit Ungehorsam und Verstößen gegen Vorgaben des Grafen. Sie hat wohl ihren Titel verloren, durfte die Ländereien aus der Mitgift ihrer Mutter aber behalten, meine ich. Da oben, auf dem Haiberg, ist sie mit ihren Eltern begraben, kennst du ja. Aber Freunde? Welche Freunde meinst du? Ich wüsste nicht, dass da etwas überliefert ist.«

»Die Andrea, die Tochter vom Schmied aus Langenholzhausen? Oder Juliette? Die hatte damals zu Annas Haushalt gehört. Schon seit ihrer Geburt.«

»Andrea? Nie gehört. Juliette? Ja, da klingelt was bei mir. Eine Frau mit dem Namen, da war doch was, bei den Hexenprozessen, oder?«

*

1670

»Julie, Julie, wo bist du? Julie?«

Die beiden Jungen, der kleine Otto und sein älterer Bruder Fritz, rannten schreiend über den Hof des Stratehofs auf das Hauptgebäude zu. Wobei: Nur Otto schrie, während Fritz sich schluchzend eine Hand vor sein linkes Auge hielt und dem Kleinen hinterherlief.

Aufgeschreckt durch den Lärm und den klackernden Klotschen auf dem Hof, kam die so sehnlichst erwartete Juliette die Stufen vor dem Eingang heruntergeeilt und lief auf die Jungen zu.

»Was ist denn mit euch? Otto, Fritz, kommt! Setzt euch hier auf die Bank.« Und sie schob die Brüder auf den Sitzplatz neben dem Eingang des Gutshauses.

»Fritz«, keuchte Otto. »Fritz hat sich verletzt. Er hat einen Holzsprieß ins Auge bekommen. Der geht nicht mehr raus.«

»Das tut so weh, Juliette. Das brennt. Ich hab so Angst. Mein Auge.«

»Zeig mal her, Fritz.« Juliette zog Fritz vorsichtig die rote Filzmütze vom Kopf und legte sie neben sich auf die Bank. Die rote Filzmütze, das Kennzeichen für die Jungen vom Meierhof der Calldorper Familie Strate – dem Gut der Freiin von Callendorp. Der ehemaligen Freiin von Callendorp, denn den Titel hatte sie durch ihre Eigenwilligkeit verloren. Das Gut und die Ländereien zum Glück nicht. So konnte sie auch weiterhin für die Kinder der Region sorgen, ihnen Bildung und Ausbildung und ein Zuhause bieten.

»Was ist denn passiert?«

»Der Fritz und ich, wir haben Holz gespalten. Und da, da ist ihm was ins Auge gekommen. Bitte, Juliette, du musst ihm helfen.«

Juliette nahm Fritz' Hand von seinem Auge und untersuchte Augapfel und Lid. »Hab Vertrauen, Fritz, gleich wird es besser.«

Der Junge kniff sein verletztes Auge zu und schrie auf.

»Nein, Fritz, hör mir zu. Tu das, was ich dir sag.« Aufmunternd nickte Juliette ihm zu und er blieb still.

»Schließ vorsichtig beide Augen. Nicht zukneifen, nur sacht.« Fritz folgte brav.

»Nun nimm den Zeigefinger deiner rechten Hand und streich ganz langsam von innen nach außen am rechten Unterlid entlang.« Sie nahm Fritz' Finger und machte es ihm vor. »Jetzt noch ein paar Male.« Der Junge kam ihrer Aufforderung nach.

»Sehr gut. Nun öffne die Augen ganz weit und schau nach oben. Lass mich mal sehen.« Juliette zog ein reines, feines Tuch aus ihrer Tasche. »Öffne den Mund und leck das an.«

Sie tunkte es mit einer Spitze in Fritz' Mund, tupfte den Sprieß sanft mitsamt ein paar Tränen aus seinem linken Augenlid heraus und zeigte Fritz das Tuch. »Schau, da ist es, alles vorbei. Ich hol dir noch Honigtropfen, dann ist auch das Brennen schnell vorbei. Nur nicht reiben, verstanden? Nicht ins Auge fassen.«

Sie wollte sich gerade erheben, doch der kleine Otto zog sie aufgeregt an ihrem langen Rock zurück. »Oh, Julie, wie hast du das gemacht? Ohne Anfassen?« Er kaute auf der Unterlippe, atmete tief ein und pustete lang und laut die Luft wieder aus. »Ohne ins Auge zu fassen«, murmelte er.

»Das kranke Auge deines Bruders hat mir geholfen, Otto. Wenn du die Augen schließt und mit dem Finger unter dem Lid des gesunden Auges sanft von innen nach außen reibst, dann bewegt sich der andere Augapfel mit in die Richtung und kann das kleine fremde Stück im Auge ausschwemmen. Oder es kann mit einem feuchten Fetzen herausgetupft werden, ohne das kranke Auge zu berühren und es zu verletzen.«

»Fritz reibt rechts und sein linker Augapfel bewegt sich nach rechts zur Nase und der Sprieß mit?« Otto klatschte vor Vergnügen.

»Ja, so ist es richtig.«

»Du kannst zaubern, Juliette. Der Fritz hatte solche Angst, doch du kannst zaubern.«

Fritz hob den Zeigefinger vor seinen Mund und flüsterte ihm zu: »O nein, schweig doch still. Solch Worte lass besser sein. Sie sind Juliette nicht hilfreich.«

Juliette blickte den Großen dankbar an und strich Otto sanft über die Wangen. »Nein, Otto, das kann ich nicht. Aber ich kann heilen. Und helfen. Oft. Nicht immer.«

Und der Kleine strahlte über das ganze Gesicht.

*

Durch das Rufen und Klackern auf dem Hof beunruhigt, unterbrach Anna, die ehemalige Freiin von Callendorp, ihr Gespräch mit ihrer Freundin Andrea, stand vom Esstisch auf und ging eilig zum Fenster, um zu schauen, was da unten los war.

»Alles in Ordnung?«, fragte ihre Milchschwester und strich sich liebevoll über den gewölbten Bauch.

»Ja, dem ist so. Die Juliette hilft Fritz und Otto bei irgendwelchen Zipperlein, wie es scheint.«

»Juliette«, wiederholte Andrea und strahlte, während sie erneut ihren schwangeren Bauch berührte. »Ohne Juliette wäre ich nicht in guter Hoffnung und Radulf und mein langes Unglück hätte weiter fortgedauert.« Sie wollte zu dem liebevoll dekorierten Gebäck auf dem Esstisch greifen, als Anna sie kopfschüttelnd ansah.

»Nun, was soll es? Nun darf ich doch. Die Zeit des Verzichts ist vorbei.«

»Gut, dass du den Bitten von Juliette folgtest und nicht mehr dem Naschwerk verfallen bist, um eine Mutterschaft zu erleichtern. Aber diese Begierde jetzt ... wie ungewöhnlich.«

»Gar nicht, Liebes, gar nicht.«

»Warum nicht? Solltest du dich nicht weiter beherrschen?«

»Nein, so sagt Juliette. Und sie, als Hebamme und Heilkundige, sie muss es wissen. Ich soll auf meinen Körper hören. Und meine Gelüste lassen sie nur eines vermuten …« Andrea unterbrach ihre Ausführung und schaute Anna auffordernd an.

»Und? Was vermutet sie? Nun sag es schon frei heraus.«

»Ein Mädchen. Sie vermutet, es wird ein Mädchen.« Sie klatschte in die Hände. »Ach, Anna«, seufzte sie, »Radulf, der wird so glücklich sein, sollte sich Juliettes Vorhersage bewahrheiten.«

»Wir werden sehen.« Ein Jubeln von draußen ließ Anna wieder hinausschauen.

»Wie folgen die beiden Jungen deinem Unterricht? Sind sie fleißig und lernen, was du ihnen aufträgst?«

Andrea nickte. »Seitdem wir die Dorfschule haben, gelingt es mir leicht, den Kindern zu lehren, was notwendig erscheint. Fritz und Otto erfreuen mich mit ihrer Begierde, Neues zu lernen. Es gibt so viel, wo sie noch unbedarft sind. Es ist wahrlich schön, dass ich sie von Grund auf formen und unterweisen kann.« Andrea seufzte leise. »Ach, was bin ich froh, dass du ihnen eine Heimat bieten konntest, sie aus dem Zugriff vom Reuter befreien konntest. Ihr Leben wäre nichts wert gewesen und von kurzer Dauer.« Sie griff nach ihrer Schürze und tupfte sich damit vorsichtig in den feuchten Augen.

»Vergiss den Reuter. Er ist vergangen. Otto, Fritz und die anderen Kinder haben wieder eine Zukunft.« Anna drehte sich erneut zum Fenster und blickte in den Hof. Und sie lächelte ob der Freude, die die Jungen zeigten. Das Lächeln wäre ihr jedoch vergangen, hätte sie die Gestalt gesehen, die hinter einer der Hauswände stand, sich zügig umdrehte und über die Pfade zum Haiberg Richtung Wiesental rannte.

*

»Los, Weib, bring ein Bier«, rief der Professor und winkte der Schankfrau zu, die sofort zu ihm eilte und eines der Gefäße platschend vor ihn hinstellte. Still griff sie nach einem Lumpen, zog ihn aus der Schürze und wischte die Spritzer weg. Sie senkte den Kopf und lief wieder zurück zu ihrem Platz im Schanklokal der Rintelner Universitätskommisse. Die Herrschaften am Tisch würdigten sie keines Blickes.

Der Professor vergnügte sich gern an diesem Ort mit seinen Studenten und den anderen, die hier an der Alma Ernestina lehrten. Nirgendwo sonst konnten er und seine Schützlinge für weniger Münzen zechen. Ach, was war es doch schön, der Akademie anzugehören und sich nicht vom Schankmonopol belästigen zu lassen.

»Na, Junge, tretet herzu.« Der Professor winkte einem seiner Studenten zu, der aus den hinteren Zugängen aus Richtung der Kommunität trat und sich suchend umblickte. Das Gesicht des jungen Mannes hellte sich auf, als er seinen winkenden Lehrer sah und er stürzte eilig auf ihn zu, ohne nach links und rechts zu blicken. Die Schankfrau schrie auf und sprang zurück, wobei sie eines der Gefäße in ihren Händen losließ und dies mit einem lauten Knall auf dem Steinboden zerbarst. Dem Jungen fiel es nicht auf. Er ließ sich auf die Bank seinem Professor gegenüber sinken, griff nach einem Bier, das vom Wirt vor ihn hingestellt wurde und kippte sich einen großen Schluck in den Hals, wischte sich mit dem Handrücken über den Mund und rülpste laut auf. »Ah!«, seufzte er. »Das habe ich gebraucht. Der Weg von Calldorp war ein beschwerlicher. Doch nun bin ich erfrischt, Herr, und kann Euch Rede und Antwort stehen.«

»In pivo veritas, Junge. In pivo veritas!« Der Professor strahlte seinen Studiosus an. »Nun, so berichtet, was Eure Augen erblickten, Eure Ohren lauschten.«

»Ihr seid so gütig, mein Herr, dass Ihr mir den Auftrag gabt, der Hexe zu folgen und ihr Wirken zu studieren.«

Der Professor rieb aufgeregt seine Hände. »Und? Habt Ihr ihr Zauberwerk erkannt? Wird der Graf die Taler springen lassen, die er versprach?«

Der Student nickte voller Inbrunst. »O ja, Professor, o ja.«

*

»Jeder mot wieken, dür wecke Dür heu kommen es«, keuchte der junge Mann mit gebeugtem Kopf und vermied, die Gräfin anzuschauen, die es sich neben dem Amtmann der Grafschaft in einem rot gepolsterten Lehnsessel bequem gemacht hatte und dessen Amtshandlungen im Schloss Varenholz beiwohnte.

Irritiert schaute Amalie Gräfin zur Lippe zum kleinen, rundlichen Amtmann und zuckte mit den Schultern. Der beugte sich ein wenig näher zu ihr und flüsterte mit vorgehaltener Hand: »Jeder muss wissen, durch welche Tür er gekommen ist.«

Amalie Gräfin zur Lippe schüttelte genervt den Kopf und machte eine wegwerfende Handbewegung. »Nun denn, fahre Er fort und halte weiter Gericht. Und nutzet die Wörter mit Verstand und keine aus dem niederen Stand.« Sie klatschte zweimal und ließ Budde, den Amtmann, fortfahren.

»Nun berichte Er, was Er erblickt hat«, forderte Budde den jungen Mann auf.

Der schaute noch immer nicht hoch, fuhr aber mit seinem Bericht fort. »Die Freiin, nein, die Callendorp, die war auf ihrem Hof und hatte sich mit der Tochter vom Schmied in ihrem Haus getroffen. Und aus dem Haus trat auch diese Fremde, die mit den langen schwarzen Haaren. Die, die sie Juliette nennen, dieses Hexenweib, die hier nicht zu uns gehört.« Schon hob er den Kopf und blickte den Amtmann an. »Da hat sie nichts zu suchen, Herr. Sie hat hier überhaupt nichts zu suchen, diese Fremde«, wiederholte er und stampfte mit dem Fuß auf. »Der Professor, mein Herr und mein Meister hat es mich so gelehrt. Und ich habe gründlich seinen Auftrag ausgeführt.«

»Halt Er ein. Berichte Er weiter.«

»Ich sah Frauen kommen, immer wieder. Auch sie traten ins Haus der Herrin, mitsamt der Hexe. Und als sie wieder hinaustraten, drückten sie sich in Heimlichkeit den Patt entlang zum Dorf.« Er schüttelte sich angewidert.

»Und? Hat Er die Frauen erkannt, kann Er sie beim Namen nennen?«

Der junge Mann schüttelte den Kopf und wurde immer aufgeregter.

»Doch die Kinder, die Kinder, die habe ich gesehen. Ich habe gesehen, wie sie einen der Jungen verhext hat. Und der andere, der hat auch davon berichtet, dass sie die Kranken verhext, dass sie Zaubertränke mischt.«

Der Budde legte dem jungen Mann seine Hand auf die Schulter. »So geh Er und schau weiter, in Heimlichkeit, und gib Er mir einen Namen an. Der Graf verlangt, dass wer spricht, der im Haus das Böse selbst erblickt hat. Nun eil Er voran und halt Er Ausschau.

Und geb Er seinem Herrn, dem Professor, alsbald Auskunft. Er möge sich um die Zahlung für sein Tun beim Grafen zur Lippe bemühen.« Und somit winkte der Amtmann den Studenten weg und wies ihm die Tür.

Die Gräfin bat ihn, sich zu erheben und den Raum zu verlassen. »Ich geb dem Grafen die Auskunft, so seid gewahr, dass er Gewissheit bekommt«, rief sie dem Amtmann nach, lehnte sich auf ihrem Sessel zurück, als sie allein im Raum war und grübelte vor sich hin. Es gab so einiges zu erledigen, viel zu besprechen. Und so klopfte sie ungeduldig auf der Lehne herum und schmiedete einen Plan. Einen Plan, der ihr zu gefallen schien, denn sie trällerte fröhlich vor sich hin, wann immer ihr Neues einfiel.

*

Juliettes Hilfe war allüberall erwünscht. Meist im Geheimen, denn es waren oft die Frauen aller Stände, die sie um ihren Schutz, um ihren Beistand baten.

Somit hatte sie sich heute auf den Weg zur Gräfin zur Lippe zum Schloss Varenholz gemacht, denn die Gräfin residierte derzeit dort und genoss die Zeit außerhalb des Trubels auf dem eigentlichen Residenzschloss in Detmold.

Juliette konnte es ihr nicht verübeln, denn die Gräfin hatte es mit dem Grafen nicht leicht. So gebar sie dem Grafen, der sich nur selten im ehelichen Bett einfinden wollte und lieber auf den Schlachtfeldern seine Macht ausbaute, Jahr für Jahr nur Töchter und zog damit seinen Unmut auf sich. Doch auch ihr konnte Juliette helfen, gab ihr besondere Tränke und Duftstoffe und wies sie ein in die Zeiten, an denen sie dem Grafen zugetan sein sollte.

Und es gelang. Amalie kam mit dem ersehnten Stammhalter nieder, der die Linie derer zur Lippe fortführen und fortan ihr Wappen tragen durfte. Amalie hatte ihre Pflicht getan. Ihr Dank und ihr Vertrauen galt fürwahr Juliette und ihrer Kunst.

Der Ruf der Gräfin schloss neben Juliette auch Anna ein, der ehemaligen Freiin von Callendorp, deren Vater Andreas der Bruder von Amalie war. Die Beziehung zu ihrer Nichte hatte sich wieder verbessert. Sie bewunderte deren klaglosen Rückzug aus dem Adel, die Beschränkung auf ihre Pferdezucht und die

Bewirtschaftung von Haus und Hof. All das, was Anna dort trieb und was den Unmut des Grafen hervorgerufen hatte, ignorierte Amalie derweil. Das Leben seiner Gemahlin auf dem Schloss nah der Weser und ihren direkten Zugriff auf all die köstlichen und edlen Waren, die dort entlang von Schiffern bis zum Meer und wieder zurück transportiert wurden, ließen den Grafen stillhalten und stimmten die Gräfin fröhlich. Was für Köstlichkeiten, was für edle Stoffe, was für blitzendes Geschmeide hatte so den Weg in ihre Kleiderkammern, ihre Schatullen und mit besonderem Genuss in ihren Mund gefunden.

Anna trabte neben Juliette durch den Torbogen in den Schlosshof in Varenholz und sprang von ihrem Pferd, während Juliette sich vorsichtig hinabgleiten ließ. Das Reiten hatte sie nach so vielen Jahren und trotz ihrer Arbeit auf einem Pferdehof noch nicht zu einer erstrebten Art der Fortbewegung erkoren. Doch es musste schnell gehen, denn die Gräfin erbat Juliettes Hilfe beim Leichenputz der Reuterschen, der Mutter des Schiffers, der mit ihr auf dem Schlossgelände gelebt hatte und sich damit seine kleinen und großen Gaunereien zum

Vorteil der Gräfin bezahlen ließ. Nun war der Reuter tot und seine Mutter war ihm einige Monate später gefolgt.

Anna reichte dem Knecht, der ihnen entgegengeeilt kam, die Zügel in die Hand und ging mit Juliette über den Schlosshof zu den Türen, hinter denen ihre Hilfe erwünscht war. Anna stieg die Stufen zum Empfangszimmer der Gräfin empor und Juliette bog ab in die Leichenkammer, in der sie beim Aufbahren der Reuterschen gebraucht wurde.

»Es wird nicht lange dauern, Herrin«, rief sie ihr noch nach und wählte bewusst die formelle Ansprache für die junge Frau, die ihr wie ein leibliches Kind ans Herz gewachsen war. Doch hier, so öffentlich, ziemte sich so ein Umgang zwischen Herrin und Zofe nicht. »Ihr findet mich dann im Küchentrakt, so es Euch beliebt.« Juliette sah Anna noch zustimmend die Hand heben und trat selbst in den düsteren Raum ein, in den man die Verstorbene verbracht hatte. Sie rümpfte die Nase, riss sich zusammen und begann mit dem Tagwerk, das ihr aufgetragen worden war.

Aus den Tiefen ihrer Tasche, die sie bei sich trug, kramte Juliette nach dem Behälter, den sie extra für den heutigen Tag mitgebracht hatte. Sein Inhalt sollte helfen, die argen Gerüche der Toten zu überdecken. Mochten die Besucher auch in Ruhe und bescheiden von der Verstorbenen Abschied nehmen, so war doch keiner gewillt, dies voller Demut zu tun und dabei den Gestank zu ertragen, der den kleinen Raum erfüllte.

Sie drehte sich um ihre Achse und sah in der Kammer herum, doch fand nicht das, was sie suchte. »Du«, sprach Juliette das junge Mädchen an, das auf einem Stuhl in einer der Ecken sitzend bei der Toten Wache gehalten hatte, und winkte sie zu sich, »besorg mir ein paar Armvoll Binsen.«

Das Mädchen, froh, dem unangenehmen Raum und der Angst vor dem Tod entfliehen zu können, stand eiligst von dem Stuhl auf und stürzte nickend aus der Kammer.

Hoffentlich konnte sie noch genug von den starren Gräsern erhaschen, denn Juliette war sich nicht sicher, ob sie den üblen Geruch allein mit ihren Salben würde vertreiben können. Der Boden benötigte dringend eine neue Auslegung mit den würzig duftenden Halmen.

Sie trat zum Leichnam, der in seinem Totenhemd auf der Bahre lag und betrachtete die gefalteten Hände der Reuterschen. Die alte Frau war ein guter Mensch gewesen. Es war so gar nicht verständlich, dass ihr Sohn, von Gier und Neid verblendet, schon in jungen Jahren den Herrschaften von Callendorp übel mitspielen wollte. Der Brand, den er in der Scheune gelegt hatte und den die kurz vor ihrer Niederkunft stehende Johanna von Callendorp dazu trieb, trotz des Feuers ihre geliebten Pferde vor den Flammen zu retten ... dieser Brand hatte viel Leid ausgelöst. Waren die Tiere mit dem Leben davongekommen und konnte das Feuer auch gelöscht werden, so gebar die Freifrau tags darauf unter Schmerzen und letzter Kraftanstrengung ihr Kind, verlor jedoch selbst durch den Rauch, der ihre Atmung erschwert hatte, ihr Leben.

Juliette seufzte ob der Erinnerung und drehte sich dann mit dem Rücken zur Bahre, um den mitgebrachten Kräuterbalsam in dem kleinen Wasserschälchen aufzulösen, das auf einem halbhohen Holzschrank daneben stand. Sie wollte gerade nach der Schale greifen, um sie über dem Kerzenlicht zu erwärmen, als hinter ihr von der Tür her ein lauter Aufschrei erscholl. Vor Schreck ließ sie das Gefäß fallen und es zerbarst scheppernd auf dem Steinboden, die Flüssigkeit spritzte auf ihre Füße und der Rest suchte sich seinen Weg über den rauen Boden und versickerte in den Ritzen dazwischen. Ihr Blick ging zu der Tür. Dort stand das Mädchen, die Binsen waren ihr aus den Armen geglitten, denn sie zeigte, noch immer schreiend, auf die tote Reuterin, wie Juliette sie immer genannt hatte. Von überall her kamen die Bediensteten gerannt und lugten auf das, was sich ihnen da bot.

Juliettes Blick folgte dem, auf das das Mädchen zeigte und sah, was den Schrecken hervorgerufen hatte. Der Kopf der Reuterschen war zur Seite gekippt, eine Hand war vom Bauch auf das Tuch gerutscht und ein Finger deutete wie anklagend auf sie – auf Juliette.

*

Gräfin Amalie hatte ihre Nichte in ihren Salon gebeten, es sich dort in einem ihrer geliebten Lehnsessel bequem gemacht und den Diener angewiesen, ihnen beiden den köstlichen chinesischen Tee zu servieren. Das dünne bunte Teegeschirr leuchtete mit dem Rot der Sitzmöbel um die Wette und die heiße braunrote Flüssigkeit entließ kleine, feine Dampfwölkchen in die Luft. Amalie nippte vorsichtig und trank in kleinen Schlucken. »Köstlich. Probier ihn auch mal, Anna. Einer der Weserschiffer hat ihn mir aus Bremen mitgebracht.« Sie griff nach einer Schale mit dünnen gelblichbraunen und beinahe durchsichtigen Plättchen und reichte sie Anna. »Und versuch das im Tee. Ganz etwas Besonderes.«

Anna nahm sich ein Stück heraus und roch daran. »Mmh, riecht angenehm. Was ist das?« Sie tunkte das Stück in ihre Tasse und beobachtete, wie schnell es sich auflöste.

»Nabat soll es heißen, sagte der Händler. Er hat es aus Persien mitbringen lassen. Ein Kandiszucker mit Safran.« Die Gräfin seufzte verzückt und strahlte Anna an. »Was für ein Vergnügen, dass mir die Händler so zugetan sind. Es ist doch eine Freude, so viele Leckereien kosten zu dürfen.« Sie drehte sich zur Seite und klaubte ein Pergament von einem Tischchen, das neben ihrem Sitzplatz als Abstellfläche diente. »Hier«, sagte sie und reichte Anna die beschriebene Lederhaut. »So, wie du wünschtest. Ein Rezept für dein Gesinde von einem meiner Freunde, der in Japan gereist ist und ein Getränk für einfache Leute entdeckt hat. So ein Mugi-Getränk, so mag es wohl heißen, ich konnte es nicht entziffern. Heißes Gerstenwasser.« Amalie verzog angewidert das Gesicht.

Ihre Nichte schmunzelte. Ihr war klar, wie ihre Tante an all diese fremdartigen Köstlichkeiten kam. So fest, wie sie bei den Weserschiffern öfter mal ein Auge bei der Meldung der Waren zudrückte, müsste sie schon unter Schmerzen in ihren Räumlichkeiten all die Geschenke betrachten, die man ihr aus Dank so nebenbei überließ.

Anna bedankte sich für das Präsent. Sie steckte das Pergament ein, probierte endlich den gesüßten Schwarztee und wollte Gräfin Amalie gerade zu ihrer grandiosen Wahl gratulieren, als von unten vom Schlosshof Unruhe zu vernehmen war.

»Was ist denn nun schon wieder los?«, stöhnte die Tante und klingelte nach dem Diener. »Wer wagt es, mich bei meinem Nachmittagstee zu stören?«, herrschte sie den alten Mann an.

Aus großen Augen starrte der Diener sie an und senkte verschämt den Kopf. »Erlaucht, verzeiht, es gehen schlimme Dinge vor. Wir haben eine Hexe im Haus«, berichtete er mit zittriger Stimme. »Ein Hexenweib. Sie hat das Böse in ihr gezeigt.« Er hielt sich die Hand vor den Mund und rannte aus dem Raum.

Die Gräfin stand auf, trat zum Fenster und schaute in den Hof, wo sich ein großer Teil ihres Hausstandes versammelt hatte und miteinander tuschelte, manche drückten sich an die Hauswände und starrten in Richtung der Gesinderäume, wo in dem Moment zwei Soldaten der Schlosswache die soeben verhaftete Person auf den Innenhof führte und sie unter dem Geschrei der Menge zu der Strafzelle führte. Die Haube rutschte ihr vom Kopf, als sie verzweifelt versuchte, sich loszureißen, und ließ die Haare unbedeckt im Luftzug wehen. Einige der Frauen beobachten den Vorgang grimmig und spien vor ihr aus.

Anna stellte sich neben die Gräfin und blickte ebenfalls nach unten … und erstarrte. Sie erkannte sofort, wen man da verhaftet hatte. Die tiefschwarzen langen Haare waren unverwechselbar. Wie konnte das geschehen?

»Was werfen sie meiner Zofe vor, Tante? Sie war doch auf Euren Wunsch hier.« Juliette als Freundin, ihre Beziehung wie die zu einer Mutter zu bezeichnen, verkniff sie sich, das hätte die Tante mit ihrem hochadligen Gebaren niemals verstanden. Sie schüttelte niedergeschlagen mit dem Kopf.

Die Gräfin setzte sich wieder und griff gedankenverloren zu ihrer Teetasse. Sie blickte zu ihrer Nichte und gebot ihr, ebenfalls wieder Platz zu nehmen.

»Ich weiß nicht, was geschehen ist, Anna. Dass sie in den Kerker gebracht wurde, ist auch etwas, was mir missfällt, denn die Frau aus deinem Gesinde hat großes Können, auf das ich nicht verzichten mag. Bevor der Amtmann zu mir kommt, um mir von dem Vorfall hier im Schloss zu berichten, muss ich dir noch etwas sagen. Dringend. Denn darum habe ich dich heute hierher gebeten. Es sind Dinge geschehen, die du wissen musst, damit du reagieren kannst. Ich hoffe inständig, es mag noch nicht zu spät sein.« Amalie klapperte ungeduldig mit den Fingern auf ihrer Sessellehne herum. »Es fällt mir schwer, es zu sagen, doch Juliette wird dich, wird uns, verlassen müssen.«

Anna sprang auf und schritt auf ihre Tante zu, bis sie direkt vor ihr stand und auf sie hinunterschaute. »Warum?«, schrie sie. »Warum, was hat sie getan, was Euch nicht wohl gefällt? Sie hat immer Hilfe geboten, wenn Ihr ihrer Hilfe bedurftet.« Sie ließ sich vor dem Sessel auf die Knie fallen und stützte ihren Kopf in ihre Hände.

Amalie legte eine Hand auf Annas Schulter. »Steh auf, Kind. Du stammst aus hohem Hause, auch wenn du deinen Stand verspielt hast, also steh auf und zeig dich mutig.«

»Mutig?«, rief Anna und erhob sich. »Wie kann ich mutig sein, wenn ihr mir das Liebste nehmen wollt. Die Einzige, die meiner Mutter wohltat, die mir wohltat.« Ja, nun war es heraus. Mochte die Gräfin sie doch dafür bestrafen, sie würde zu Juliette stehen. Fest und unermüdlich.

»Kind, nun hör doch zu.« Amalie wurde ungeduldig. »Ich nehme dir nichts. Juliette geht nicht auf mein Geheiß. Niemals. Das solltest du wissen. Ich wollte dir berichten, dass ein junger Mann in diesen Hallen zum Amtmann kam, um Juliette der Hexerei zu bezichtigen. Er beobachtete sie schon lange.«

»Aber was war sein Antrieb?« Anna schluchzte nun leise und presste die Lippen aufeinander, die ihr vor lauter Empörung zitterten.

»Sein Herr gab ihm den Auftrag. Wohl kam Juliette ihm in die Quere oder sie konnte helfen, wo der hohe Herr ohne Wissen, ohne Können war.« Die Gräfin zuckte mit den Schultern. »Wer vermag es zu wissen, was so einen, der Verrat zu seinem Zeitvertreib macht, geritten hat.«

Anna starrte die Gräfin erstaunt an. Sollte sie sich immer in ihr getäuscht haben? War sie sich ihres Standes doch nicht so sicher und allein ihm hörig? War sie es sogar, die ihre schützende Hand über sie gehalten hatte, als der Amtmann auf Geheiß des Grafen Anna ins Verlies verbrachte? In ihrem Kopf drehte sich alles, sie konnte keinen der Gedanken fassen.

Die Gräfin griff erneut zu ihrer Tasse, trank einen Schluck und stellte den Tee direkt wieder zurück. Sie schüttelte sich. »Nein, kalt.« Unwirsch läutete sie die Glocke und rief nach dem Diener. »Holt heißes Wasser«, befahl sie, als eine ihrer Bediensteten eintrat und flugs mit einem Knicks den Raum wieder verließ.

Nun ja, so ganz schien die Tante ihren Dünkel doch nicht abgelegt zu haben. Nur ein wenig.

Als endlich wieder eine Tasse mit der heißen Variante ihres geliebten Schwarztees vor ihr stand, setzte sich die Gräfin zurück auf ihren Lehnsessel und nahm die Tasse zu sich hin. Sie fixierte ihre Nichte und nickte aufmunternd. »Keine Sorge, Anna. Bedenke, ich bin die Gräfin und ich vermag es, Juliette dem Zugriff der Hexenjäger zu entziehen.« Sie zeigte auf sich, tippte auf ihren Brustkorb und fuhr fort: »Ich, da sei gewiss, kenne den Pfad, den Juliette gehen muss, um dem Kerker zu entgehen. Darum hatte ich um dein Kommen gebeten.« Sie lauschte und flüsterte: »Du musst all Hab und Gut von ihr aufsammeln. Ihre Zukunft wird auf einer anderen Scholle sein.«

Anna riss die Augen auf. »Wie? Nein! Das lass ich niemals zu. Sie gehört hierher, sie gehört zum Hof und all den Menschen, die ihren

Dienst dort tun. Und sie gehört zu mir. Hier und dort, in Calldorp, das ist ihre Heimat.«

Vor der Tür wurde es unruhig und dann klopfte es.

Gräfin Amalie legte einen Finger auf ihre Lippen und schüttelte den Kopf. »Nein, Kind. Hier ist ihr Leben in Gefahr.« Sie nahm einen Schluck von ihrem Tee und lächelte Anna ermutigend zu. »Tretet ein!«

Der alte Diener trat einen Schritt durch die Tür, verbeugte sich und wartete ab, bis die Gräfin ihn zum Sprechen aufforderte.

»Der Amtmann ist da, Eure Erlaucht, und bittet um ein Gespräch.«

»Wer hat ihn gerufen? Was ist denn sein Begehr?«

»Diese Kenntnis habe ich nicht.« Die Ängste, die er vorhin gezeigt hatte, schienen verschwunden. Anna glaubte ihm nicht und sie sah es der Gräfin an, dass diese es ihr gleichtat.

»So lasst ihn ein«, befahl sie.

Budde riss dem Diener die Tür regelrecht aus der Hand und ein kalter Windhauch zog durch den Raum, als er keuchend in den Salon stürmte und sich kurz verbeugte.

»Wir haben sie, Gräfin. Die Hexe ist gefangen«, presste er hervor und holte tief Luft, um wieder zu Atem zu kommen.

»Wer hat Euch den Auftrag gegeben, auf meinem Boden eine meiner Untergebenen einzukerkern? Ihr habt in meinem Haus keine Rechte.«

Der dicke Amtmann guckte verschämt auf den Boden. »Es war doch der Graf, der mir die Papiere gab. Auf Veranlassung des Cothmann in Lemgo, der im Prozess richten wird. Ich soll nun das Weib nach Lemgo verbringen und dort wird sie zu der Anklage befragt.« Aufgeregt klatschte Budde in die Hände, zog aus seiner Tasche eine Rolle und reichte sie wortlos der Gräfin.

Die entrollte das Pergament und las leise vor:

»Ich tue auf Wunsch des Grafen kund,
bevor es macht die große Rund,
dass Juliette, die wohnt auf dem Stratehof,
dort ist im Dienst als eine Zof',
wird angeklagt der Hexenmacht,
und somit noch heut' nach Lemgo verbracht.

Dort stellt sie der Cothmann vors Peinliche
Gericht
und nur der Herrgott wird geben Verzicht
auf Strafe für Schadenzauber und Hexen-
leid,
das sie wohl hat überall verstreut.
So sagen es gar viele Leute,
die mit dem Finger auf sie zeigen heute.
Sollten sich bewahrheiten die Anklagen,
so ist bestimmt das Feuer in drei Tagen.«

Amalie reichte die Schrift an ihre Nichte weiter, die schreckerstarrt der Rede ihrer Tante
zugehört hatte.

Die Gräfin schnaubte voller Wut. »Holt mir
die Frau her. Ich will selbst aus ihrem Mund
hören, was geschah.« Amalie stand auf und
zeigte auf die Tür. »Sofort!«

Doch Budde schüttelte den Kopf. »Dem
kann ich nicht folgen, Eure Erlaucht, sie ist
schon abgeführt worden. Und auf dem Weg
zum Verhör nach Lemgo.«

Anna schrie entsetzt auf und sprang auf
den Amtmann zu, trommelte mit den Fäusten
auf seine Brust. »Wie konntet Ihr nur? Was
werft Ihr Juliette an Bösem vor, wo sie doch

ihr ganzes Leben ihren Mitmenschen und deren Heil widmet?«

Budde ergriff Annas Handgelenke und schob sie von sich weg. »Besagung, das wird der Grund der Anklage sein. Es hat wer gesehen, wie sie der Zauberei verfiel, dass sie der Hexerei zugetan war. Fragt Eure Dienerschaft«, wandte er sich erneut an die Gräfin. »Sie haben das Böse in ihr gesehen.«

»Raus«, rief die Gräfin erneut. »Raus, und holt die Person, die mir berichten kann.« Sie seufzte laut auf.

Eiligst verließ der Amtmann den Salon, froh der wutgeschwängerten Stimmung entkommen zu sein.

Anna liefen die Tränen über das Gesicht. »Drei Tage, Tante. Nur drei Tage. Wie sollen wir da Gerechtigkeit einfordern? Wie sollen wir Juliette retten können?«

3

2020
April

Nein, Sie können sie vorerst nicht besuchen. Solange der Virus grassiert, sind Besuche im Krankenhaus nicht möglich. Nein, ohne Ausnahme. Nein, da hilft es auch nicht, den Chefarzt anzurufen. Das ist eine Vorgabe von ganz oben.«

Thomas konnte sich kaum beruhigen, als er die Aussage des Krankenhauses erneut wiederholte. Immer wieder liefen ihm die Tränen über die Wangen. »Vier Wochen lang habe ich diesen Mist hören müssen. Vier Wochen konnte ich Tante Inge nicht besuchen. Niemand durfte sie besuchen. Vier Wochen, ohne Beistand. Und nun ist sie tot.« Er schluchzte laut auf. »Das hat doch keiner verdient, so zu sterben. So allein.«

Vulkan setzte sich vor das Sofa, legte seinen Kopf auf Thomas' Oberschenkel und schaute traurig zu ihm hoch, während Susanna neben

Thomas Platz nahm und ihre Arme um ihn legte, um ihn mit ihrer Nähe zu trösten. Genau genommen trösteten sie sich gegenseitig. Der Anruf aus der Intensivstation hatte beide kalt erwischt. Noch vor ein paar Tagen sah es so gut für Inge aus. Die Ärzte hofften, sie in Kürze entlassen zu können. Dreimal in den vergangenen Wochen hatte ihr Neffe sogar mit ihr telefonieren dürfen, doch dann … Dann kam der Anruf. Der Anruf, der alles beendete.

*

1962
Winter

»Herr Eugen Süvern.« Der Standesbeamte räusperte sich und fuhr mit dem Zeigefinger über das Dokument vor sich auf dem Schreibtisch, kniff die Augen zusammen und begann von vorn. »Herr Eugen Süvern, wollen Sie Ihre hier anwesende Verlobte, Fräulein Inge Klemme, zu Ihrer angetrauten Ehefrau nehmen, so antworten Sie mit Ja.«

Eugen wandte sich nach rechts zu Inge, die neben ihm stand, griff nach ihrer Hand und drückte sie fest. »Ja«, tönte er laut.

»Und Sie, Fräulein Klemme, wollen Sie Ihren hier anwesenden Verlobten, Herrn Eugen Süvern, zu Ihrem Ehemann nehmen, so antworten Sie ebenfalls mit Ja.«

Inge bejahte leise.

»Bitte sprechen Sie etwas lauter, Fräulein Klemme«, forderte der Standesbeamte sie auf.

»Ja, ich will.« Inge atmete tief ein und pustete kurz aus, zog ihren dunklen Rock glatt wieder über das Knie und zupfte ihre Kostümjacke zurecht. Geschafft, dachte sie, drehte sich zu Eugen in seiner schicken Fliegeruniform um und lächelte ihn an.

»Somit stelle ich fest, dass Sie nunmehr kraft Gesetzes rechtmäßig verbundene Eheleute sind. Sie dürfen die Braut jetzt küssen, Herr Süvern.«

Eugen blickte weiterhin zu seiner frisch Angetrauten, nahm ihre beiden Hände in seine und drückte ihr einen kurzen Kuss auf den Mund. Sie sah so wunderschön aus, mit ihrem engen dunklen Kostüm und der weißen Bluse darunter. Und diese Haare – glatt und streng

hochtoupiert legten sie sich um ihren Ober-
kopf wie ein Bienenstock. Ach, er liebte diesen
Geruch ihres Haarsprays.

So jung und unschuldig und doch ein mo-
dernes Mädchen: seine Inge hatte alles, was er
wollte. Nur diese Angst in ihren haselnuss-
braunen Augen, diese versteckten Sorgen, die
er ihr ansah, die wollte er ihr so gerne nehmen. Damit die Fröhlichkeit, die sie überall
versprühte, auch von Herzen kam. Ihr Herz zu
öffnen, das war etwas, was ihm noch nicht
gelungen war. Etwas, das er sich vorgenommen hatte. Er wollte ihr Trost bieten können,
nicht nur ihr Gatte, auch ihr Vertrauter sein.
Damit sie den Trost nicht weiter heimlich in
feuchter Fröhlichkeit suchen musste.

*

»Dann nehmen Sie beide bitte wieder Platz.
Wir kommen nun zu den Unterschriften. Herr
Süvern, Frau Süvern, bitte unterschreiben Sie
hier.« Er drehte das Dokument um, schob es
Eugen zu und zeigte auf das Unterschriftsfeld.
Dann winkte er dem Zeugen hinter Inge zu.

»Sie sind der Bruder, der rechtmäßige Vormund?«

Hermann nickte und presste die Lippen fest zusammen.

»Dann bräuchte ich gleich noch eine extra Unterschrift von Ihnen. Wegen der Ehemündigkeit und der vorzeitigen Volljährigkeitserklärung für Ihre Schwester.«

Inge spürte Hermanns Blicke im Rücken. Sie würde sich jetzt nicht umsehen. Kalt lief es ihr den Rücken runter. Bald war sie ihn los. Sie ginge mit Eugen Süvern als frischgetraute Ehefrau Hand in Hand aus diesem winzigen Raum im Langenholzhauser Standesamt heraus, würde durch die Tür auf die Straße treten, auf dem schneebedeckten Bürgersteig in den halbhohen Schuhen vorsichtig bis zum blumengeschmückten Hochzeitsauto mit den roten und weißen Rosen schliddern, mit ihrem Mann und den beiden Freunden einsteigen … und abbrausen. Weg von hier. Dem nichtssagenden Ziegelhaus mit Standesamt im Kabuff, dem Hof mit bröckelndem Lehmputz zwischen bröseligen Fachwerkbalken und Plumpsklo neben dem Schweinestall. Nicht mehr zurückblicken. Die enge Vergangenheit hinter sich lassen. Ja, so wollte sie es tun.

*

1973

»Du, Sabine, nun komm doch mal«, rief die alte Tante Wünsche der kleinen Süvern zu, als die durch die Eingangstür in die rauchge-schwängerte Pinte trat und folgsam zur Theke marschierte, wo Frau Wünsche ihr beinah lee-res Wodkaglas, aus dem sie gerade noch einen großen Schluck genommen hatte, wieder ab-stellte und ihre Zigarette von der linken in die rechte Hand nahm. »Komma, Sabine«, bemüh-te sie sich, ordentlich zu sprechen und als Sa-bine neben ihr stand, nahm sie sie mit links in den Arm, drückte sie fest und legte ihr die an-dere Hand auf die Schulter. »Willste mir 'nen Gefallen tun?«, fragte sie das kleine Mädchen mit kratziger Stimme und schwerer Zunge und schnappte immer wieder auffällig nach Luft.

Die kleine Süvern nickte, drehte aber ange-widert den Kopf zur Seite, da der kalte Atem der alten Frau so eklig war. Und erst diese rot unterlaufenen, feuchten Augen direkt vor ihrem Gesicht. Verzweifelt versuchte sie, sich aus der Umarmung zu befreien, so fest presste die Tante sie an sich. Die glühende Zigarettenspitze ganz nah an Sabines Hals. Immer weiter brannte sie ab, das Aschestück wurde immer länger. Gleich, gleich würde es abbrechen und dem Mädchen auf die Schulter fallen. Tante Wünsche schien das nicht mal zu bemerken, inhalierte noch einmal tief den Zigarettenrauch, um dann die halb aufgerauchte Zigarette auf der Theke in den übervollen Aschenbecher auszudrücken. Feine, noch glühende Aschefäden segelten derweil auf den Boden.

Sabine schüttelte sich. Sie hasste diese Raucher, sie hasste diese Trinker, sie hasste diese Kneipe, zu der sie immer mitmusste, weil die Mama niemanden hatte, der auf sie aufpassen konnte, während sie arbeiten ging. Sabine wollte nur nach Hause, mit ihrer Freundin spielen, rausgehen. An die frische Luft. Alles, nur nicht allein auf dem Flugplatz sein oder in dieser lauten, verqualmten Bude voll von uralten Leuten, die viel zu viel tranken, tränende Augen von dem ganzen Qualm zu bekommen.

Vorsichtig versuchte sie nur durch den Mund zu atmen, doch sie bekam nicht genug Luft und fing an zu husten. Diese elendige Bronchitis. Niemand bemerkte es. Auch Mama nicht, die am anderen Ende der Theke mit einigen Stammgästen anstieß und ihr lautes, fröhlich klingendes Lachen hören ließ. Hoffentlich hatte Papa endlich Feierabend und holte sie ab. Nur weg von hier.

Die Tante Wünsche zog ihre Tasche vom Hocker neben ihr zu sich heran und kramte ihr Portemonnaie heraus, um nach passendem Münzgeld zu suchen. »Bring mir doch ma 'ne Packung Ernte 23, machste? Kannste die Groschen da drin auch behalten.«

Ja, das war doch was. Sabine nickte aufgeregt und griff nach den Münzen. Schnell raus, in den Vorraum, zu dem Zigarettenautomaten. Wenigstens ein bisschen Abwechslung und etwas für ihre Spardose. Wenigstens raus hier.

*

1985

Sie lag in ihrem Schlafzimmer auf dem kalten Linoleum und brabbelte vor sich hin, versuchte, sich hochzudrücken, erfolglos. Der Bettvorleger hatte sich an ihren Füßen verheddert und es gelang ihr nicht, ihn loszuwerden. Ihr zartgelbes Baumwollnachthemd war, verknittert und fleckig, bis über den Po hochgerutscht und so zeigten sich ihm einige blaue Flecken an ihren Hüften und den Oberschenkeln, die wohl vom Sturz herrührten. Wer weiß, wie lange sie schon so hilflos dort herumlag. Es war nicht auszuhalten. Es war auch nicht das erste Mal.

So viele Jahre hatte er versucht, mit ihr über ihre Sorgen zu sprechen, das, was sie zerstörte, zu erfahren. Ihr helfen zu können, ihr beim Verarbeiten zu helfen. Der Alkohol, die Tabletten? Nichts davon war das wahre Problem. Das, was sie kaputtgemacht hatte, das musste vor seiner und ihrer gemeinsamen Zeit gewesen sein. Schlimme Erlebnisse, Missverständnisse, was auch immer. Irgendetwas, das in ihrem Zuhause geschehen sein muss. Oder warum weigerte sie sich seit damals, seit ihrem Hochzeitstag, jemals wieder ihren Geburtsort zu besuchen? Es war ihm alles ein Rätsel.

Für ihn war nun endlich Schluss, er hielt es nicht mehr aus. Sie so zu sehen, wie sie da auf dem Teppichboden lag, nicht aufstehen konnte, ihn mit riesengroßen schwarzen Augen anstarrte, kein Wort herausbekam. Er konnte, er wollte das nicht mehr mitmachen. Sollte sie selbst sehen, wie sie aus diesem ganzen Leid herauskam. Er wollte sich nicht noch weiter hinunterziehen lassen.

Eugen warf die beiden vertrockneten Rosen, die er entsorgen wollte – eine rote und eine weiße –, auf das Bett, kniff den Mund zu einer dünnen Linie zusammen, blinkte mit den Augen die Tränen weg und schüttelte haltlos den Kopf. Langsam und knisternd rutschten die Blumen auf den Boden.

»Ich will nicht mehr, Inge. Ich halt das nicht mehr aus. Du willst dir nicht von mir helfen lassen. Du willst dir nicht von Fachleuten helfen lassen. Du willst nicht einsehen, dass du Hilfe brauchst. Nun gut, dann sieh selbst, wie du klarkommst. Auf mich kannst du nicht mehr zählen. Mir reicht es, aber sowas von.«

Er rieb sich über die Augen, doch die Tränen liefen weiter. »Ich liebe dich so sehr, Inge, doch es geht nicht mehr. Du lässt mich nicht an dich ran. Du ertränkst alles, was dich belastet. Du kippst Tabletten in dich hinein, um wieder zu funktionieren. Pfefferminze ist dein bester Freund, ich nicht. Du bringst dich um, wenn es nicht sogar schon so weit ist. Ich geh, ich lass dich in Ruh. Schlaf da unten deinen Rausch aus, ich schlepp dich nicht noch einmal ins Bett. Ich will nicht mehr.«

Inge versuchte, sich aufzurichten, doch sie fiel kraftlos wieder auf den Boden. »Uhg, Uhg«, krächzte sie kaum verständlich und schluckte auffällig. Eugen drehte sich angewidert um. »Ich kümmere mich morgen wie versprochen um die Getränkelieferung und fahre mit Sabine nach Uffeln. Aber danach ist es vorbei«, rief er über die Schulter hinweg und ging zur Haustür. Inges verzweifelten Blick und die Hand, die sich nach ihm ausstreckte, registrierte er schon nicht mehr, als die Tür hinter ihm ins Schloss klackte. Die beiden leeren Vasen auf der Anrichte im Flur vibrierten, blieben aber stehen.

*

Inge griff nach der Tüte unter der Theke, klaubte ein Pfefferminzbonbon heraus und schob es sich in den Mund. Sicher war sicher.

»Inge, noch zwei Bier«, grölte einer der Gäste und winkte ihr zu. Er saß mit seinen Vereinskollegen am Stammtisch und hatte schon einiges gebechert. Gab es wieder was zu feiern? Den ersten Alleinflug einer der Piloten am Tisch. Na ja, einen besonderen Grund zum Trinken brauchten die Jungs meist nicht. Es fand sich immer einer.

»Kommt! Moment noch«, rief sie zurück und stellte schon das zweite Glas unter die Zapfanlage, ließ das Bier einlaufen und achtete auf die perfekte Schaumkrone. »Hier«, wies sie ihre Angestellte an und schob ihr das Tablett mit den beiden Biertulpen zu. »Bring mal rüber.«

Die schlug sich, nachdem sie das Tablett am Stammtisch abgestellt hatte, abrupt auf den Unterarm. »Mist, nicht erwischt. Dieses Teil ist ewig am Kitzeln.«

»Hey, Mädchen, das ist Inges Geldfliege, die darfst du nicht erschlagen«, witzelte einer der Piloten und Inge, hinter der Theke, lachte laut auf.

Im Hintergrund klingelte das Telefon. »Ich geh grad ins Büro. Das muss der Getränkehändler sein. Gib mal auf die Theke acht.«

Ihre Angestellte nickte, nahm ein paar Groschen aus ihrer Kitteltasche und ging zur Musikbox. Kurz darauf erklang ihr Lieblingslied, von dem sie nicht genug bekommen konnte. Die ersten Takte von Laura Branigans *Self Control* schwirrten durch den Raum, als plötzlich ein Aufschrei das Gemaule der Stammtischbrüder wegen der Musik übertönte. Die Bedienung hob erschreckt die Hände, drehte sich um und rannte ins Büro. Die Stammtischbrüder hinter ihr her.

*

2020
Mai

Einen Baum aussuchen für Tante Inge im FriedWald® in Erder ging recht schnell. Der zuständige Förster zeigte Thomas und Susanna die verschiedenen Möglichkeiten für die

Urnenbestattung im Bestattungswald. Die drei waren an einigen Bäumen vorbeigegangen, deren Farbbändchen sie als mögliche Grabstätte auswiesen. Alte Eichen, junge Linden, junge Birken, alte und junge Buchen und noch viele weitere große und kleine, gerade und knorrige, helle und dunkle Gehölze warteten darauf, oberhalb ihrer Wurzeln die vergänglichen Urnen mit der Asche der Verstorbenen rund um den Stamm aufzunehmen. Für jeden gab es einen Baum, der ihm gefallen würde – sofern er ihn schon zu Lebzeiten ausgesucht hätte. Inge hatte das nicht. Es gab niemanden, den man hätte fragen können.

Thomas drehte sich um seine Achse und hob dann ahnungslos die Schultern. »Da kann ich mich nicht entscheiden. Es sind so viele«, meinte er zu Susanna. »Was sagst du?«

Susanna ging einige Schritte weiter aus dem eng bewachsenen Waldstück heraus, Thomas und der Förster hinter ihr her, und zeigte auf eine junge Linde, die gerade und gesund gewachsen auf einer kleinen Lichtung neben anderen noch jüngeren Bepflanzungen stand. »Die, die passt, finde ich.« Sie strich mit dem Zeigefinger über die noch glatte, noch graue

Rinde und versuchte, mit den Händen den Stamm zu umfassen. Es gelang ihr nicht. »Sie ist auch schon alt genug und gut verwurzelt«, stellte sie fest, als sie vorsichtig den Stamm bewegte. »Perfekt«, wisperte sie und drehte sich schwungvoll um. »Das ist er. Der hätte Inge gefallen.«

Thomas schaute seine Freundin verständnislos an. »Und wie kommst du darauf?«

»Ich habe mit Mama gesprochen. Sie hat mir vor kurzem noch erzählt, dass Inge früher öfter bei uns auf dem Hof war und auf sie aufgepasst hat. Inge hat mit ihr auf dem Vorplatz gespielt und die beiden haben immer um die Hoflinde herumgetanzt und gesungen. Und dann hat sich Inge wohl so gern an die Linde gelehnt, ist mit den Fingern über die braungraue, rissige Borke gefahren und hat den Stamm umarmt. So weit sie kam jedenfalls. Sie mochte Linden sehr, hat sie Mama immer gesagt.«

Der Förster nickte Thomas zu. »Einverstanden?«

Thomas wollte gerade nach der Hand seines Gegenübers greifen und zustimmend einschlagen, doch er zog sie erschreckt zurück.

»Entschuldigung, ich habe mich an diese Vorgabe mit dem Händeschütteln noch nicht gewöhnt. Aber klar, natürlich, ich bin einverstanden. Wenn Sie die Papiere fertig machen und sie zuschicken, unterschreibe ich alles und wir können das festmachen.«

»Ich hab schon alles fertig.« Er zeigte Thomas das Klemmbrett, das er bei sich trug. »Hier sehen Sie die Baumnummer, den Preis und so als Angebot. Von der Zentrale bekommen Sie dann die kompletten Unterlagen.«

Thomas schaute auf die Durchschlagblätter und zeigte sie Susanna. »Gut so?«

Susanna stimmte zu.

»Wenn Sie dann hier unterschreiben, Herr Rüggemeier …« Er reichte Thomas einen Kuli und zeigte auf die eingefärbte Linie.

*

Auf der Rückfahrt hingen Thomas und Susanna ihren eigenen Gedanken nach. Es waren doch viele neue Informationen und viele alte Sorgen, die im Kopf herumkreisten. Thomas dachte nach und Susanna konzentrierte sich auf die Straße, die durch den Wald nach Hause führte.

»Das wird eine ganz schön trübsinnige Beerdigung, oder?«, fing Susanna dann an.

»Hm?«

»Ja, find ich schon. Wegen der wenigen Trauergäste, die kommen dürfen. Nur die direkten Angehörigen und höchstens zehn Leute. Mit Pastor, mit Beerdigungsinstitut, mit jemandem vom Beerdigungswald. Das ist so einsam. Ohne Freunde, ohne Bekannte. Sie ist schon so allein gewesen, als sie starb. Und jetzt …«

»Hm … Warum hat sie bloß so viel getrunken?«, presste Thomas plötzlich heraus und ging über ihre Frage einfach hinweg. »Ich versteh das nicht. Meiner Mutter ist das sicher nicht aufgefallen, sonst hätte sie mir doch damals davon erzählt. Inge muss das gut versteckt haben, dass sie Alkoholikerin war.« Er ruckelte auf dem Beifahrersitz rum und rieb sich fröstelnd über die Oberarme, die sich trotz der Wärme draußen mit Gänsehaut überzogen hatten. Eben, bei dem Gespräch mit einem der Forstkollegen wegen des Ablaufs der Beerdigung seiner Großtante, hatte er sich andauernd ablenken lassen, weil diese Frage immer wieder in seinen Gedanken auftauchte. Dieses *Warum*.

»Vielleicht hat sie sich ihrer Schwester nicht anvertraut. Die ist ja auch um einiges älter. Und ihrer Nichte? Na ja, weiß ich nicht.«

»Ich weiß auch nicht, Susa. Irgendwie versteh ich das alles nicht. Was war denn mit ihr? Ob das mit dem Unfall damals in den Achtzigern zu tun hatte? Als ihr Mann und ihre Tochter verunglückt sind?«

»Was?« Susa schaute in den Rückspiegel, bremste abrupt ab, setzte den Blinker und fuhr den Wagen rechts in eine Haltebucht der Verbindungsstraße durch den Wald zwischen Varenholz und Langenholzhausen. Sie stellte den Motor ab. »Sie hat ihren Mann und ihre Tochter verloren? Am selben Tag? Ach du meine Güte. Wie schrecklich.« Susa schluckte. »Davon habe ich noch nie gehört.«

»Darüber wurde auch nie geredet. Tante Inge hat das immer regelrecht totgeschwiegen. Also war das nie Thema bei uns in der Familie. Die Tante war alleinstehend und das war's.«

»Was ist denn damals passiert?«

»Ich weiß es auch nur von meiner Mutter, ich war da ja selbst noch nicht geboren. Eugen und Sabine, die Tochter der beiden, waren auf dem Rückweg von Uffeln. Mein Onkel hatte wohl ein paar Sachen von einem Getränke-handel abholen wollen und fuhr wieder zum Flugplatz zurück. Und kurz vor Holtrup, noch vor dem Ortseingangsschild, da ist ihm auf seiner Spur ein Auto entgegengekommen. Das hatte einen LKW überholt, obwohl die Stelle viel zu kurz und zu eng dafür ist.« Thomas machte eine Pause und holte kurz Luft. »Ja, und dann … Onkel Eugen konnte nur nach rechts in den Graben ausweichen, um den Zu-sammenstoß zu verhindern. Der Wagen hat sich überschlagen und blieb auf dem Acker neben der Straße stehen. Die beiden haben das nicht überlebt. Der LKW-Fahrer hatte noch alles versucht, aber es war zu spät. Und der andere, dieser Idiot, der war weg. Direkt wie-der rechts eingeschert, einfach weitergefahren. Nichts mitbekommen, oder was auch immer.«

4

1670

Weit war es nicht mehr bis zu dem Ort, den sie aufsuchen wollte. Anna Callendorp ließ sich vom Trab in den Schritt zurückfallen und sah sich genau um. Ja, hier war eine Möglichkeit, abzusteigen und den restlichen Weg zu Fuß weiterzugehen. Plötzlich knackte es hinter ihr und sie blickte sich um. O nein! Nicht jetzt.

»Geh zurück, Otto«, rief Anna verzweifelt. »Du sollst mir nicht folgen.« Sie ließ sich von ihrem Pferd hinuntergleiten und band die Zügel an einem der Bäume am Waldrand fest. Niemand sollte sehen, wo genau sie hinwollte. Das feuchte Wetter ließ kleine Schwaden durch die Senken ziehen. Vielleicht konnten sie Annas Vorhaben ein wenig verbergen.

Der Junge nahm seine rote Filzmütze von seinem vom Laufen verschwitzten geröteten Kopf und knetete nervös daran herum. »Der Radulf hat mich aber geschickt. Ich sollte Euch suchen, Euch sagen, dass die Frau vor Schmerzen schreit. Ihr sollt kommen.«

»Was?« Anna schrie auf. »Sprichst du von Andrea? Nein, doch nicht jetzt.« Eiskalt lief es ihr über den Rücken. Alles war durcheinandergeraten. Wie sollte sie das nur lösen können? Sie winkte Otto zu sich heran. »Lauf zurück. Gib Bescheid, ich werde gleich folgen. Los, lauf!«

Otto nickte stumm, drehte sich um und lief zurück zu Radulfs Kotten, um die Nachricht seinem Herrn zu überbringen.

Fahrig strich sich Anna über ihre Haare und klatschte immer und immer wieder in Gedanken in ihre Hände. Was nun? Was zuerst? Sie war beinahe am Ziel. Ja, weiter nach Elfenborn zu den Quellen, so entschied sie, rannte die fünfzig Meter, kniete sich hin und faltete die Hände. Das war die einzige Lösung, die ihr sinnvoll erschien und somit begann sie, die Formel zu sprechen, die ihr schon einmal den wahren Weg gewiesen hatte. »Kind meines Kindes …«, begann sie.

*

2020

Ein leichter Windhauch zog durch das Schlafzimmer und Susanna drehte sich im Traum unruhig hin und her. Was war nur mit ihr los? Sie schlief doch, oder etwa nicht?

»Susanna? Susanna, hör mir zu.«

Sie versuchte, die Augen zu öffnen, doch es gelang ihr nicht. Da war wieder dieses Licht, das Licht, das sie schon öfter im Schlaf irritiert hatte. Es durchdrang die geschlossenen Lider. Hatte Thomas vergessen, die Jalousien zu schließen? Langsam hob Susanna den Kopf und bemühte sich, den Blick in Richtung der offenen Tür zu richten. Da, sie war da. Die Weiße Frau. In ihrem durchscheinenden Kleid, lichtdurchflutet, mit den rot glitzernden langen und offenen Haaren.

»Susanna! Hilf mir.«

Das Licht war gleißend und blendete. Susanna kniff die Augen zusammen.

»Kind meines Kindes, komm um mir zu raten! Kind meines Kindes, komm und steh mir bei!«

Sie wollte den Mund öffnen, wollte der Frau antworten, doch kein Ton kam hervor.

»Susa?«

Sie schlug mit dem Kopf auf dem Kissen hin und her.

»Susa, Susa, wach auf!« Thomas legte seine Hand beruhigend auf ihre Stirn und streichelte über ihre Schulter. »Du hast nur geträumt. Alles ist gut.«

Susanna öffnet die Augen, setzte sich auf und hielt sich die Hände vors Gesicht. »Sie war wieder da. Sie braucht mich.«

»Wer, Susa, wer war da?« Thomas nahm Susanna in die Arme und wiegte sie sanft. »Wer war da?«, wiederholte er leise.

Doch Susanna schwieg, rieb sich die Tränen aus den Augenwinkeln, lehnte sich eng an Thomas und genoss seinen Trost. Irgendwann, ja, irgendwann, da würde sie ihm davon erzählen. Von der Weißen Frau, von der Freiin, von der Urahnin, ja, von all dem, was ihr widerfahren war. Doch jetzt, jetzt hatte sie erst etwas zu erledigen.

Sie befreite sich aus Thomas' Armen, schob die Bettdecke zurück und krabbelte aus dem Bett. »Ich geh laufen, um dieses komische Gefühl loszuwerden. Jetzt kann ich sowieso nicht mehr einschlafen.« Und schon ging sie in den

Nebenraum mit den Kleiderschränken und kramte ihre Sportsachen von einem der unteren Regale. Sie saß gerade auf dem Hocker, um sich die Socken überzustreifen, als Thomas durch die Tür trat.

»Okay, dann komme ich aber mit. Nach diesem komischen Traum lass ich dich nicht allein draußen rumlaufen. Lass mich grad ins Bad, mich frisch machen, dann bin ich bereit für dich und einen kleinen Ausflug.« Er grinste Susanna an. »Und auf dem Rückweg holen wir beim Bäcker Busch ein paar von diesen himmlischen Brötchen. Einverstanden?«

Susanna nickte. »Na gut, aber ich gehe als Erste ins Bad.« Sie schnappte ihre Sachen und drängte sich in Unterhose und Socken an Thomas vorbei. Kichernd stob sie davon und ließ ihn verdutzt im Ankleideraum stehen.

Während Thomas sich im Bad in aller Eile überwusch, stand sie in der Küche vor der Spüle am Fenster mit einem Glas in der Hand, trank mit kleinen Schlucken das frische kühle Wasser aus dem Hahn und genoss den Blick über die Wiese bis zu den Ackerflächen vorm Rotenberg. Neben ihr saß Thomas' Schäferhund Vulkan und starrte zu ihr herauf. Mit dem Schwanz klopfend und die Zunge aus dem Maul hängend. »Moment, mein Guter«, beruhigte sie ihn und streichelte ihm über den Kopf. Sie beugte sich zu seinem Wassernapf, nahm ihn hoch, füllte ihn und stellte ihn vor Vulkan ab. Der fing sofort an loszuschlabbern und ließ die Tropfen spritzen. Susanna lächelte. Nun denn, eine Nacht war lang, da hatte auch ein Hund ordentlich Durst. Sie nahm ihr Glas wieder in die Hand und schaute erneut aus dem Fenster in die Landschaft mit den Höhenzügen im Hintergrund.

Plötzlich sah sie etwas aufblitzen. Die aufgehende Sonne ließ einen roten Fleck aufleuchten. Das gibt es doch nicht, wie ein Déjàvu. Vor ein paar Monaten, im letzten Jahr, hatte sie eine ähnliche Situation beobachtet. Zwei Kinder aus der Kitagruppe, von den Rotkäppies, waren da hinten Richtung Wald gelaufen. So hatte es jedenfalls ausgesehen: zwei Kinder mit den obligatorischen roten Filzmützen, die sie draußen bei den Wanderungen aufhatten, damit die Betreuer sie von den Kleinen der anderen Gruppen unterscheiden konnten.

Doch dieses Mal lief da ein einzelnes Kind entlang. Komisch. Susanna kniff die Augen weiter zusammen und schaute konzentriert Stück für Stück von rechts nach links den Waldrand entlang. Und da, da war es wieder. Sie hatte es doch geahnt. Da hinten, kurz vorm Wald oberhalb der Bokemühle, auf dem Eckernkamp, da sah sie ihn. Den Wolf.

Sie stellte ihr Glas ab, drehte sich um und rannte Richtung Haustür, griff sich ihre Jacke und die lederne Hüfttasche mit ihren Papieren und drehte den Haustürschlüssel zweimal. »Komm, Thomas, ich will los. Beeil dich doch mal«, rief sie Richtung Badezimmer und schnallte sich zügig die Hüfttasche um. »Ich warte draußen, schließ du bitte ab und nimm den Schlüssel mit. Und den Hund.«

»Ja, komme«, erschallte es aus dem Hintergrund, kurz bevor Susanna die Tür zuzog.

Sie holte schon den Geländewagen aus der Garage und fuhr ihn auf den Vorplatz, als Thomas aus dem Gesindehaus trat und Vulkan zum Laderaum führte und ihn reinspringen ließ.

»Warum willst du denn den Wagen nehmen? Du wolltest doch laufen?«

»Ich war schon so lange nicht mehr in Elfenborn. Lass uns doch am Wanderparkplatz parken und ab da laufen. Die Pattwege lang am Acker und in den Wald. Nur der Weg zu Fuß dahin, das wäre mir jetzt zu weit.«

»Alles klar.« Er schloss die Heckklappe. »Fährst du?«

»Och nö, brauch ich nicht. Ich fahre so gerne mit dir mit.« Susanna zwinkerte Thomas zu, ging zur Beifahrertür und setzte sich rein. Dass sie auf dem Weg genau die Landschaft verfolgen wollte, um den Wolf zu entdecken, verschwieg sie. Ob es ihr gelingen würde, da war sie nicht sicher. Doch eines war klar: der Wolf war ein Zeichen. Ganz gewiss. So wie im letzten Jahr.

Sie drehte den Kopf zu Thomas und hob den Daumen. »Dann man los.« Durch den Wald auf dem Weg den Haiberg runter, nach links auf die Landstraße, nun war sie sicher. Da oben, zwischen den Sträuchern neben dem Friedhof in Langenholzhausen, da sah sie es wieder: die wippende rote Mütze. Das musste es sein. Das Zeichen von Anna.

*

Es waren nur ein paar Minuten nach Osten bis zum Parkplatz rechts von der B238. Susanna stieg sofort aus, streckte sich und hüpfte zum Aufwärmen auf den Beinen hin und her. Sie ließ den Blick über die Felder zurück Richtung Langenholzhausen schweifen, doch da war nichts. Schon gar nicht in der Ferne. Doch da hinten in der anderen Richtung? War da wieder diese rote Mütze? Aber schon so nah am Quellgebiet und kurz vorm Waldstück? Sie verstand es nicht. Es wurde Zeit, dass sie hinterherkam, um dieses Rätsel zu lösen.

»Wer zuerst da ist, wird heute Abend bekocht. Auf geht's!«

»Susa, nun warte doch!« Thomas rannte keuchend hinter seiner Freundin her, mit wenig Chancen, denn er hatte Vulkan an der Leine neben sich herlaufen und der hielt sich nicht an die Regel, immer schnellstmöglich zum Ziel zu kommen. Dafür waren die ganzen ungewöhnlichen Gerüche am Wegesrand einfach zu verführerisch. Immer wieder blieb er zitternd stehen und spitzte seine Ohren. Was er wohl witterte? Thomas lief weiter, um Susanna zu folgen. Wo wollte sie bloß hin? Und welches Ziel hatte sie? Nun gut, sollte sie halt rennen, wenn das für sie wichtig war, um dieses ungute Gefühl der letzten Nacht loszuwerden. Da joggte er lieber gemächlich hinter ihr her. Thomas verlor heute gern den Wettlauf, denn er hatte etwas geplant. Eine Überraschung für seine Susa und ein weiterer Schritt in ihre gemeinsame Zukunft.

Susanna wollte das Kind, das sie gesehen hatte, nicht aus den Augen verlieren. Zügig sprang sie über den Waldweg, rutschte runter zum ausgetrockneten Bachlauf und quälte sich den Hügel hoch, immer am Bach entlang.

»Susa, Vorsicht, die Quellen, Tiefdruck. Vorsicht!«

Doch es war schon zu spät. Direkt vor Susanna schoss unvermittelt eine Wasserfontäne aus einer der Quellen heraus. Susanna erschrak, rutschte aus und stürzte. Na klar, am Elfenborn, mitten im Quellgebiet. Sie hätte es wissen müssen. So lange war es ja noch nicht her, dass ihr etwas Ähnliches passiert war. Das war sogar dieselbe Stelle, oder etwa nicht?

*

1670

Langsam öffnete Juliette die Augen und fand sich in einem kleinen Raum aus alten Steinen gemauert wieder. Wasser lief an manchen Stellen die Wände hinunter und hinterließen auf dem steinernen Boden dunkle, feuchte Flecken. Nur ein kleiner vergitterter Durchbruch zeigte sich weit oben, außerhalb ihres Liegeplatzes. Kaum konnte das Licht den Weg durch die Stäbe in ihr Verlies finden. Es war so kalt in dem Kerker. Nie hätte Juliette gedacht, dass sie jemals so frieren würde. Die Decke, die ein mitleidiger Mensch ihr übergelegt hatte, schützte sie kaum.

Sie hatte schon so viel in ihrem Leben erdulden müssen, ob damals auf der Flucht vor den Katholiken an ihrem Geburtsort oder die Ausgrenzung in ihrem neuen Zuhause beim Freiherrn von Callendorp, dem Vater der jungen Anna. Die Bewohner der Region hatten lange gebraucht, sie und ihre Fremdartigkeit anzuerkennen, ihr Wissen und all die neuen Errungenschaften anzunehmen und ihr zu vertrauen. Ohne die Freundschaft des Freiherrn und seiner Gemahlin Johanna wäre dies nie gelungen. Sie lebten der Bevölkerung vor, wie wichtig Juliette für sie alle war, was für ein Gewinn. Die Bewohner des Gutes und der umliegenden Dörfer lernten neue Speisen, neue Getränke, neue Hilfsmittel für Haus und Hof kennen und mit der Zeit nahmen sie es an, hießen sie es gut. Und allen gemein war ihr Glaube, der Glaube der Reformierten – frei und ungebunden.

War das der Grund, warum der Cothmann ihr so übel wollte? Warum er ihr so besonders gram war und sich daran ergötzte, ihr Schmerzen zuzufügen? Denn der Cothmann, der berief sich auf seinen Glauben an die Worte und Taten des Martin Luther. Der war der Herr der Stadt Lemgo, die sich weiterhin dem lutherischen Glauben hingab. Und der Graf ließ ihn und er ließ die Stadt daselbst gewähren.

Sie würde niemals gestehen, dem Hexenkult zu frönen. Niemals! Obwohl ihr klar war und sie es nun am eigenen Leib erfahren hatte: die heimlichen Reden, die über den Lemgoer Bürgermeister, den Richter des peinlichen Gerichtes berichtet wurden, sie hatten Hand und Fuß. Er, der Cothmann, ihm dürstete wahrlich nach Blut. Doch sie, Juliette, sie würde sich ihm nicht beugen.

›Jeder, der Böses tut, hasst das Licht und kommt nicht zum Licht, damit seine Werke nicht aufgedeckt werden‹[3] so stand es doch in der Schrift. Sie aber, sie scheute die Dunkelheit, es trieb sie zum Licht, sie sagte die Wahrheit.

Sie steckte sich den Finger in den Mund und versuchte, ihn mit etwas Spucke zu benetzen. Durst plagte sie, doch ein wenig Feuchte konnte sie von ihrer Zunge klauben und es auf ihr Muttermal neben ihrem Mund tupfen, um es zu desinfizieren. Sie schluchzte auf, als der Schmerz sie durchströmte.

Immer und immer wieder hatten die Deputierten auf das Mal eingestochen, das Hexenmal, wie sie es nannten. Das Zeichen für ihre Schuld. Erneut überzog ein Frösteln ihren Körper. Sie wollte ihre Haare wärmend über die Schulter legen, als sie erschrocken die Hand zurückzog und die Kette an dem Ring klappern ließ, an dem sie angeschlossen worden war. Da war nichts. Keine Haare. Die Hexenjäger hatten sie ihr abgeschnitten, Juliette konnte nur noch Stoppeln auf ihrer Kopfhaut spüren. So unverständlich. Wo sollte sie in ihren schwarzen Haaren das Böse versteckt haben? Warum hatte sie sich ganz entkleiden und dann auch noch geschoren werden müssen?

Es war so beschämend. Immer und immer wieder hatte man sie befragt, gütlich wollten sie befragen, hatten die Deputierten gemeint. Gütlich? Was war daran gütlich? Sie hatte den Schmerz nicht ertragen können, war beim Beschneiden der Nägel bis aufs Blut, unter dem großen Durst, der sie plagte, in schützenden Schlaf hinübergeglitten. Lange würde es nicht mehr dauern, da war Juliette gewiss. Vom weiteren Vorgehen hatten sie ihr schon berichtet, ihr die Daumenschrauben gezeigt und ihr genau gesagt, was sie mit ihr machen würden. Und wie. Als Nächstes. Um ihr Geständnis zu erlangen. Sie als Hexe zu entlarven. Sie würden ihr kein Geständnis abringen können, denn sie war keine Hexe. Nie und nimmer. Und erneut dämmerte Juliette vor Erschöpfung ein.

*

Ein Glück, es war alles noch einmal gutgegangen. Sie war nur gestürzt, wegen diesem dämlichen Druckausgleich und dem Wasser, das deshalb aus dem Erdreich nach oben gedrückt wurde und sie hinklatschen ließ. Mist Quellen, nächstes Mal sollte sie wirklich besser aufpassen.

Susanna versuchte, ihre Beine zu strecken und sich mit den Armen hochzudrücken – es klappte einfach nicht. Seltsam. Sie versuchte, besser sehen zu können und riss die Augen weiter auf, klimperte mit den Lidern, um die Augen zu befeuchten und ein schärferes Bild in dem mit Nebel durchzogenen Wald zu bekommen. Schiet, wollte sie schreien, doch sie brach ab. Sie bekam keinen Ton heraus, nur ein Krächzen, wie ein Knurren. Nein! Nicht schon wieder. Thomas, Hilfe, Thomas! Doch Thomas war nicht da. Nicht hier.

Sie lag vor einer Pfütze, die vom Wasser der Quelle gespeist worden war und blickte hinein. Tja, sie hatte es schon erwartet: ein Wolfsgesicht sah sie an. Sie blickte sich an. Verzweifelt wollte sie aufjaulen.

»Susanna, Kind, nein. Bleib still! Sie könnten uns hören. Ich bin hier, Susanna. Ich bin es – Anna.«

In Susannas Kopf erklang die Stimme ihrer Urahnin – und vor ihr stand sie. Nein, kniete sie, die Hände vor dem Bauch gefaltet. Hörst du mich?, dachte sie und hoffte, dass ihre Gedanken, wie beim letzten Mal, im Kopf von Anna von Callendorp hörbar waren.

»Ja, deine Stimme erklingt in meinem Kopf. Ich habe so sehr darum gebetet, dass ich dich erneut erblicken darf, dass du mir helfen magst.«

»Was ist denn geschehen?« Susanna richtete sich auf, schüttelte sich, tapste zu Anna und schnüffelte an ihrer Hand.

»Es ist so viel geschehen, was mich betrübt. Nur wenig hast du erfahren, da du diese Welt wieder verlassen und in deine Welt zurück bist. Doch dies sollst du später erfahren, denn ich werde gebraucht. Andrea, die Frau des Radulf, meine Milchschwester, sie liegt mit Schmerzen in ihrem Heim. Sie ist froher Hoffnung, doch es bereitet ihr große Last. Ich muss zu ihr und ihr Linderung bringen. Dann werde ich dich erneut aufsuchen und dir erzählen, was seitdem geschah.« Sie zeigte in die Richtung des alten verfallenen Hauses im Wald. »Warte dort auf meine Rückkehr.«

Susanna nickte, ihre Zunge hing aus dem Maul.

»Nur auf ein Wort: sie haben Juliette. Sie wollen ihr den Garaus machen, sie soll den Tod erfahren. Morgen wird sie auf den Scheiterhaufen verbracht, um ihrer Strafe zugeführt zu werden.« Anna wollte sich gerade auf den Rückweg machen, bewegte sich schon auf den Waldrand zu, um schleunigst zurück zu Andrea zu kommen.

»Aber warum, Anna, warum? Was hat sie getan, um so bestraft zu werden?«

»Das Blutgericht hat ihren Tod durch das Feuer angeordnet.«

»Aber warum, warum denn nur?«

»Sie ist ein Hexenweib, sagen sie.« Anna liefen die Tränen über das Gesicht.

»Eine Hexe? Juliette? Niemals.«

Doch Anna wandte sich zum Gehen und lief los, tauchte in die neblige Gegend ein und verschwand. Noch eine Weile erreichten ihre Gedanken und das Wiehern eines Pferdes das feine Gehör ihrer Nachfahrin, doch dann war alles still. Susanna blieb allein an den Quellen. Allein mit ihren Gedanken, die wie wild in ihrem Kopf herumirrten.

*

Anna sprang vom Pferd und entließ es auf die kleine Wiese neben Radulfs und Andreas Heim am wild fließenden Bach in der Niederung unterhalb des Winterbergs. Sie hob ihre Rockschöße an, stürmte zum Deelentor, schlug mit der Faust vor die eine Torseite und drückte sie auf.

»Otto? Otto, bist du hier?«

»Ja«, kam die schüchterne Stimme des Jungen aus einer Ecke hinten auf der Deele. Er stand auf und trat auf sie zu.

»Kümmer dich bitte um mein Pferd. Es ist sehr verschwitzt und du musst es tränken. Ja?«

Otto beugte sich vor Anna und ging nach draußen, den Auftrag zu erfüllen und seine Herrin konzentrierte sich nun auf das, was sie in dem Kötterhaus ihrer Freunde erwartete.

Im Hintergrund hörte sie die unterdrückten Schreie ihrer Freundin. Sie sah Radulf vor der

Schlafkammer hin- und herlaufen und trat auf ihn zu. »Was ist denn passiert?«

Radulf starrte sie mit großen, geröteten Augen an. »Ich weiß nicht, es kam so plötzlich. Sie stand am Herd und wollte das Feuer schüren, da schrie sie auf und rannte in die Kammer. Sie hat nach dir verlangt, Anna, sie weiß nicht, wie ihr geschieht. Bitte, Anna, lass das Leid meiner Liebsten verschwinden.« Er griff mit beiden Händen nach ihrer Hand und drückte sie fest. »Sie ist mein Leben, Anna. Hilf ihr.«

Anna schob Radulfs Hände sanft von sich weg. »Ruhe, bewahr Ruhe, Radulf. Geh hinaus und mach dein Tagwerk. Ich geh zu Andrea und seh nach ihr. Geh!«, sagte sie streng und schob Radulf Richtung Deelentor. Schon wieder im Hintergrund ein Schluchzen der Freundin.

»Nun geh!«

Radulf schlurfte hinaus, mit hängenden Schultern, und Anna machte sich zügig auf in Andreas Kammer. Sie beugte den Kopf, trat ein und hockte sich hin. »Was ist dir, Andrea? Was ist geschehen?« Sie schritt auf Andrea zu und blickte sie an, rieb ihre Hände am Rock ab und fühlte die geröteten Wangen und die blasse, feuchte Stirn und dann über den gewölbten Bauch ihrer Freundin. »Du hast Fieber. Welches Leid plagt dich noch?«

Andrea richtete ihren Oberkörper auf und hielt sich die Hand vor den Mund. Bevor sie etwas sagen konnte, beugte sie sich über den Bettrand und erbrach sich in den Holzeimer, der neben ihrer Schlafstatt stand.

Anna sah sich um, erhob sich und ging zu dem Tisch, der vor dem Fenster stand. Zum Glück war der Wasserbottich gefüllt und sie fand auch ein sauberes Tuch, das sie entzweiriss. Sie füllte etwas Wasser in die Waschschüssel auf dem Tisch und tunkte die Tücher ein. Zurück bei Andrea, die sich wieder an das Kopfteil ihres Bettes niedersinken ließ, säuberte sie mit dem einen Tuch deren Mund und nutzte das andere, um den heißen Kopf der Schwangeren zu kühlen.

»Das Fieber will nicht weichen«, flüsterte Andrea endlich. »Der Sud bringt keine Besserung.«

»Sud? Was hast du getrunken?«

Andrea presste erschöpft die Augenlider zusammen. »Den Fiebertrank, den auch meine

Mutter mir gab. Mit Fieberklee, Freisamkraut und Weidenrinde. Er gab mir immer Linderung.«

»Nein, Andrea«, Anna schloss kurz die Augen und holte tief Luft, »bedenke dein Kind. Es verweigert sich dem Kraut und so schickt dein Körper es aus dir raus.« Sie atmete erleichtert auf. »Somit ist es der Sorge weniger. Es ist alles gut und bald wirst du nicht mehr daniederliegen. Du musst nun trinken, viel trinken. Gibt es einen Himbeersaft im Erdkeller draußen?«

Ihre liebste Gefährtin nickte kurz, doch die Antwort selbst fiel aus. Sie kniff erneut den Mund zusammen und musste aufstoßen, ihr Körper verkrampfte sich und bäumte sich abrupt auf und auf die Schnelle reichte Anna ihr die Schüssel und streichelte Andreas Rücken, während diese sich erneut erbrach.

»Das ist gut, gut, dass es aus dir herauswill.« Sie tupfte Andrea erneut mit dem feuchten Lumpen ab. »Schau, es wird schon besser. Dein Antlitz verliert die Blässe.« Sie holte tief Luft und blies sie betont langsam wieder aus. Alles noch einmal gutgegangen.

»Au«, schrie Andrea auf und griff mit beiden Händen unter ihren Bauch. »Au!«

Vorsichtig zog Anna Andreas Leibchen hoch und fühlte ihren Bauch, der sich ein wenig verschoben hatte. »Schau, es ist das Kind.«

»Au!« Erneut wölbte sich der Bauch in eine andere Richtung.

»Alles gut.« Sie ergriff die Hand ihrer Freundin, drückte sie sanft und führte sie über den gerundeten Unterleib. Erneut bewegte er sich. Anna schmunzelte und begann, Andreas Körper abzutasten. Ihre Miene wirkte konzentriert. Mehrfach strich sie über den Bauch und fühlte genau, wo das Kind lag. Ihre Augen verengten sich und sie wandte sich von ihrer Milchschwester ab, tastete erneut, setzte sich aufrecht, schluckte kurz und drehte sich zurück zu ihr. »Ich gebe dem Otto die Anweisung, dir den Saft aus dem Erdkeller zu holen und dir zu reichen. Und ich sprech mit deinem Gemahl, somit ihn die Ruhe erfüllt.«

»Du musst schon gehen?«

»Juliette ...«, begann Anna, doch Andrea unterbrach sie.

»O ja – Juliette – ich vergaß, verzeih. Die Sorge um das Kind und mein Fieber hat meine

Gedanken verklärt.« Andrea schüttelte traurig den Kopf. »Wird Juliette zu helfen sein? Was können wir bloß ausrichten, um sie aus den Fängen der Häscher zu befreien?« Tränen liefen ihr über das Gesicht.

»Andrea! Schwester!«, schalt Anna und fuhr ruhiger fort: »Gib du acht auf das neue Leben in dir. Deine ganze Kraft soll diesem Ziele dienen, denn ich bin sicher, alles wird gut. Wenn du niederkommst, kannst du Juliette an deiner Seite wissen. Ich bin sicher, so wird es sein.« Anna faltete ihre Hände und schloss kurz die Augen. »So wird es sein«, wiederholte sie leise.

*

Sie hob ihr Haupt und schnupperte. Ja, das Pferd war wieder da und prompt hörte sie es auch in ihrem Kopf.

»Susanna? Susanna, wo bist du?«

Der Wolf schob sich hinter einem der Büsche hervor, die sich am Waldrand an den lichtdurchfluteten Ecken verwurzelt hatten. Nur gerade heute wollte der Nebel nicht weichen. Schlecht für die Sträucher, jedoch umso besser für Susanna und ihre Vorfahrin aus dem Rittergeschlecht der von Callendorps.

Anna trat auf sie zu und Susanna merkte sofort die Trauer, die sie umtrieb.

»Was ist geschehen? Erzähl mir von deinen Sorgen, damit ich dir helfen kann. Wie auch immer.« Sie guckte an sich hinunter. »Viele Möglichkeiten habe ich mit dieser Figur ja nicht.«

»Ach, Susanna«, schluchzte die junge Frau, die doch so viel älter sein müsste und doch von den Jahren jünger war als Susanna selbst, trat auf das Tier zu, kauerte sich daneben und presste ihr Gesicht in das warme, weiche Fell. »Ach, Susanna«, wiederholte sie. »Es ist so viel auf einmal, was mich plagt. Nicht nur Juliette, die meine Hilfe braucht, auch die Sorge um Andrea ist angewachsen. Beider Leben, nein das Leben aller drei liegt nun in meiner Hand.«

Susanna stutzte. »Drei?«, dachte sie und ließ Anna weiterhin an ihren Gedanken teilhaben.

»Ja, drei. Dir ist ja nicht bekannt, dass Andrea kurz vor der Niederkunft steht.«

»Was? Sie erwartet ein Kind? Wie wunderbar. Das ist ja toll. Na ja, ist ja schon eine Zeit her, als ich hier war. Wer hätte das gedacht, Andrea hatte doch so Probleme, schwanger zu werden. Hätte ich ihr was sagen können, dann hätte ich ihr gleich gesagt, sie soll weniger Kekse und Kuchen und Brot essen. So ein bisschen abnehmen, das hätte ihr sicher nicht geschadet.« Plötzlich stockte sie. »Aber«, meinte sie verwirrt, »wieso sind denn drei Leben in deiner Hand?«

Anna rieb erneut ihr Gesicht am Fell des Wolfes und setzte sich zurück auf den Waldboden. »Radulf hatte mich gerufen, als ich hier an den Quellen gebetet hatte. Er hatte Otto geschickt, mich zu suchen.«

»Otto? Dann war er das, den ich gesehen hatte. Da war doch wieder so ein roter Fleck, den ich gesehen hatte. Bei mir, also zu Hause. Ich meine, in meiner Zeit.« Susanna schüttelte genervt den Kopf.

»Ja, so mag es sein. Doch lass mich berichten«, unterbrach Anna ihren Gedankengang. »So ritt ich zum Haus von Radulf und traf auf Andrea in ihrer Kammer. Ihr war ganz blümerant zumute und immer wieder erbrach sie sich.«

»Ihr war kodderig? Meinst du das mit blümerant?«

»Ihr erging es nicht wohl, das mag wohl dein Wort besagen.«

»Ja, das habe ich gemeint, dann hab ich es verstanden. Was hat sie denn?«

»Andrea litt unter Fieber und hat es gewagt, einen Sud zu trinken, um die Hitze zu senken, doch es waren Kräuter, die ihrem Kinde nicht wohl taten. Sodann hat ihr Körper die Stoffe zu entfernen versucht. Wie gut, dass ein Körper oft eine gute Lösung weiß.« Anna rieb sich über die Augen. »Doch das Kind, dem Kind kann der Körper allein nicht helfen.« Sie schluchzte auf.

»Ja, was ist denn mit dem Kind? Nun sag doch!«

»Mir scheint, es liegt verkehrt, so konnt ich es ertasten. Das Fieber mag wohl daher gekommen sein. Ich weiß es nicht, ich bin doch da nicht firm. Es ist Juliette, die dafür jede Lösung innehat. Juliette würde wissen, was zu tun sei.« Wieder liefen Tränen über ihre Wangen. »Juliette würde es wissen«, wiederholte sie bestimmt.

»Nun ja«, meinte Susanna, drängte sich mit ihrem Körper an Anna und leckte ihr tröstend über die Hände. »Da gibt es wohl nur eines, liebste Vorfahrin, wir müssen Juliette befreien. Fragt sich nur wie.« Sie löste sich von Anna und tapste umher, ruhelos und scheinbar ohne Sinn. »Nicht wundern. Wenn ich nachdenke, stromere ich immer so durch die Gegend. Das hilft mir, mich zu konzentrieren.« Und weiter ging es in die Runde.

»Du nimmst mir die Ruh mit dem Laufen in der Rund«, schimpfte Anna leise vor sich hin. »Doch es muss wohl sein.«

Wäre es ihr gelungen, so hätte Susanna bei dem gequälten Gesichtsausdruck von Anna gegrinst, doch so blieb sie einfach nur stehen. »Ich mache dich hibbelig? Oh, das ist nicht gut. Und ist auch schon vorbei. Ich hab nämlich eine Idee.« Sie ging zu einem Baumstamm und legte sich davor. »Komm zu mir und setz dich, dann kann ich es dir erklären. Ganz in Ruhe.« Und schon wieder hätte sie so gern gegrinst, doch Anna nahm es ihr ab und lachte. Sie hatte den Spaß verstanden. Wie schön, ein bisschen Ablenkung von dem, was die nächsten Tage bringen würden.

*

»Tante, nun sagt doch, wird dies Euch möglich sein? Könnt Ihr Euren Gemahl davon überzeugen, dass er sein Recht wahrnimmt und den Bürgermeister überstimmt?«

Gräfin Amalie sagte eine Weile nichts und dachte nach, während sie am Fenster im Schloss Varenholz stand und den Trubel auf der Weser betrachtete, wo die Treidler mit Hilfe von Zugpferden die Lastkähne flussaufwärts zogen. Die schrecklichen Zeiten, wo sogar Kinder zum Treideln herangezogen wurden, waren zum Glück vorbei. Jedenfalls hier.

»Ich denke, ich habe genug Gründe, ihn zu überzeugen. Ich bin die Mutter seines Sohnes, das sollte Grund genug sein, mir zuzuhören.«

»Vergesst nicht, dass der Graf und Ihr dem reformatorischen Glauben anhängt. Der Bürgermeister ist ein Lutherischer. Da muss der Graf doch einschreiten. Es gibt schon so viele Stimmen im Volk, die dem Cothmann wegen seiner Härte, ja wegen seines Blutdurstes selbst das Böse zuschreiben. Die ihn ablehnen. Das darf sich doch nicht auf den guten Ruf des Grafen auswirken. Er muss eingreifen. Das wäre doch ein guter Anfang.«

Gräfin Amalie nickte langsam. »Ja, es wird Zeit, dass der Graf einschreitet.« Sie zupfte ihr Schultertuch zurecht, ging wieder zu ihrem Sessel und setzte sich, verzog schmerzvoll das Gesicht und rieb sich über den Bauch. »Das Kloster weiß Bescheid, dort wird man meine Wünsche erfüllen und Ruhe bewahren.« Erneut massierte sie ihren Leib und stöhnte. »Reich mir mal die Flasche dort vom Schrank«, wies sie ihre Nichte an, griff danach und schenkte sich ein Schlückchen in die leere Teetasse und kippte das Getränk hinunter.

Anna schaute irritiert zu.

»Das ist Genever, ein Rat von Juliette, wenn mich das Mahl erneut im Bauche zwickt. Eine gute Medizin mit Wacholder, die sie mir da gebrannt hat.« Sie seufzte laut. »Nach einem Rezept aus Hessen. Von den Reformierten dort. Wo sie so einen Trank nur immer entdeckt?« Und erneut goss sich die Gräfin etwas ein und trank die Tasse aus. Da entfuhr ihr ein Rülpser. »So sieh, es wirkt schon«, sagte sie strahlend und fuhr direkt in ruhigem Ton fort: »Nun geh und bereite alles vor. Ich lass dir berichten, wenn der Graf mir Zustimmung verspricht.«

Anna stand auf, knickste leicht und machte sich auf den Weg.

*

»Aufwachen«, schrie es in Juliettes Ohr und grelles Licht aus der Laterne blendete ihre Augen. »Aufwachen! Sofort! Der Bürgermeister begehrt dein Erscheinen.« Und schon riss einer der beiden Wachleute, die in ihren Kerker getreten waren, sie hoch und der eine warf ihr ein paar Lumpen zu.

»Los, zieh das an. Und dann folge uns. Mach schnell!«

Juliette erhob sich ächzend und streckte ihre Glieder. Sie griff nach dem Kleid, drehte sich mit dem Rücken zu den Männern und mühte sich, die Decke als Schutz in einer Hand, das schmuddelige Gewand überzustreifen.

»Nun mach schon«, knurrte der Wachmann, der ihr näher stand und wollte gerade die Decke wegreißen, um sie zur Eile anzutreiben, doch Juliette war schon fertig und warf sie selbst auf den Boden.

»Gebt Ruhe, ich bin schon bereit«, erwiderte sie mit bemüht fester Stimme und straffte sich. Ihre Ängste sollte ihr keiner ansehen. Sie würde sich keine Blöße geben.

Und schon griff der Wachmann erneut nach ihr und zerrte sie aus dem Verlies heraus, durch die Holztür, die rutschige Steintreppe zu sich herauf und direkt ins Nachbarhaus zum Arbeitszimmer des Bürgermeisters. Des Hexenbürgermeisters, wie ihn die Bevölkerung hinter vorgehaltener Hand nannte. Der Richter des Blutgerichts: Hermann Cothmann.

Auf das Klopfen der Aufsicht öffnete sich die Tür und Juliette wurde in das Zimmer gestoßen, in dem sie ihrer letzten Prüfung unterzogen werden sollte. Herr, o Herr, dachte sie und versuchte, sich an einige Zeilen aus ihrer Bibel zu erinnern: *Und lasst uns darauf bedacht sein, dass wir einander anspornen zur Liebe und zu guten Taten. Die Hand unseres Gottes ist zum Guten über allen, die ihn suchen.*[4]

Ja, sie hoffte darauf, dass ihr Gott seine Hand schützend über sie hielt, denn ihr Leben war immer erfüllt gewesen von dem Wunsch,

Gutes zu tun, zu helfen, zu unterstützen. Sie würde niemals gestehen. Sie würde sich nicht unterkriegen lassen. Sie hatte nichts Böses getan. Juliette gelang es, das Gleichgewicht zu finden und nicht zu stürzen, hob langsam den Kopf und zuckte direkt zurück.

Vor ihr stand der Amtmann des Grafen zur Lippe und diskutierte lauthals mit dem Bürgermeister. Der dicke Budde war im Gesicht schon rot angelaufen und haute zudem mit der Faust auf den Tisch, der zwischen ihm und Cothmann wie ein Bollwerk stand.

»Ich werde das Hexenweib mitnehmen, guter Herr«, brüllte er und Spuckefäden flogen aus seinem Mund. Erneut schlug er die Faust auf die Tischplatte, dass sogar die edlen Behältnisse darauf erzitterten. »Das ist die Anweisung des Grafen und dem untersteht auch Ihr.« Er knallte das Schriftstück vor sich hin, drehte sich zu Juliette um und ergriff ihren Oberarm. »Komm mit, Hexe«, herrschte er sie an und schubste sie in Richtung der Wachleute. »Los, bringt sie zum Karren und ab mit ihr zum Weserschloss.« Budde zog ein Tuch hervor und wischte sich über das schwitzende Gesicht. Er wandte sich erneut dem Bürgermeister zu: »Der Graf hat's verlangt, wir müssen uns danach richten. Mir wär es recht gewesen, die Hexe hätte hier, bei Euch, ihre Strafe erlitten. Doch so ist das, wir haben dem hohen Herrn zu folgen. Seid gewiss, Ihr werdet noch genug Gelegenheit haben, Euer Gericht zu sprechen, Cothmann.«

Doch der winkte nur, vom dicken Budde angewidert, ab und scheuchte den Amtmann aus seinem Zimmer. Als die Tür sich hinter ihm schloss, hatte er den Fall der Hugenottin schon wieder vergessen, denn es standen viele neue Blutgerichte auf dem Plan. Der Budde hatte recht, es gab genug Unholde und Zauberische in Lemgo und den Orten, über die er für den Grafen richtete. Es gab genug für ihn zu tun. *Eine Zauberin sollst du nicht am Leben lassen.*[5] Erregt rieb er sich die Hände, setzte sich wieder an seinen Tisch und blätterte im *Processus Juridicus contra sagas et veneficos*, dem Werk des Hermann Goehausen, seinem schon länger verstorbenen Onkel, einem Professor an der Alma Ernestina. Ein paar schöne Ideen könnte er dem Ratgeber sicher noch entnehmen. Hach, was für eine Freude, dass ihm die Aufgabe zustand, dieses widerliche Pack dem

Volk zu entreißen und es der gerechten Strafe zuzuführen. Was für eine Freude, was für eine Aufregung für das Volk, dem beizuwohnen. Und für ihn, schon so viele Jahre dem Blutgericht vorzustehen. Denn er war der Beste.

*

Schluchzend fiel Anna vor dem Wolf auf den Boden. »Es ist nicht gelungen. Juliette wurde vom Amtmann ins Schloss gebracht.«

»Ja, aber das ist doch gut, oder nicht?«

»Nein! Der Graf zur Lippe hat sich verweigert. Allein Juliette dem Zugriff des Bürgermeisters zu entwinden, das hat er erlaubt. Aber er hat sie nicht begnadigt, ihre Strafe nicht aufgehoben.« Laut schluchzte Anna erneut auf. »Nun wird sie morgen nicht in Lemgo, bei den Lutheranern, dem Scheiterhaufen zugeführt werden, sondern beim Schloss Varenholz. Zum Ergötzen der Männer und Frauen aus den Dörfern, damit sie sich erfreuen sollen, dem Bösen zu trotzen.« Anna krächzte nur noch, bekam die Worte kaum heraus. »Ach, was soll ich nur tun? So hilf mir doch!«

Susanna setzte sich auf ihr Hinterteil, hob eine Pfote und legte sie Anna auf die Schulter. »Gemach, gemach, das wird schon. Uns wird eine Lösung einfallen. Beruhige dich.«

»Wie soll ich in Ruhe hier sitzen, wenn die Minuten, die Stunden verrinnen? Es bleibt so wenig Zeit.«

»Anna! Das wird, vertrau mir. Denk doch daran: Ich bin hier, hier bei dir. Das wird doch einen Grund haben. Also werden wir beide gemeinsam auch einen Weg finden. Irgendwie.«

Ganz so selbstsicher, wie sie klang, fühlte Susanna sich nicht. Wer weiß, war sie nur hier, um das Geschehen zu beobachten? Genau genommen war es beim letzten Mal doch ähnlich gewesen. Sie war da, aber hatte sie auch eingegriffen?

*

Die alte Kutsche, die lange ungenutzt in Annas Remise auf dem Stratehof gestanden hatte, tat noch tadellos ihren Dienst. Die Jungen auf dem Hof hatten unter Aufsicht des Stallknechts die Räder gängig gemacht und alle

Lederriemen und die Plane gereinigt und sie behandelt, damit alles wieder schön geschmeidig war. Die Arbeit war mehr als gelungen, das hatte Anna sofort gemerkt, als sie mit dem Pferdewagen zu Andrea fuhr, um sie von ihrem Zuhause abzuholen und nach Möllenbeck zum Kloster zu bringen.

Zum Glück war der Pfad vom Winterberg runter zum Dorf und dann weiter bis zur Weser nicht so sehr ausgefahren und die Pferde konnten die Kutsche problemlos und ohne große Wackelei ziehen. Der Boden war trocken und bei der Strecke zu Beginn gab es kaum Schlaglöcher. Das würde sich ändern, wenn sie zu dem Hohlweg am Fluss entlang kamen. Der führte an Möllenbeck vorbei und weiter bis nach Rinteln.

Anna blickte aus dem Fenster hinaus zum Himmel und betrachtete nachdenklich die aufziehenden Wolken. Möge es doch noch eine Weile trocken bleiben und die Wolken weiterziehen. Morgen, da könnten sie gerne vorbeikommen und der Himmel gemeinsam mit ihr die öffentliche Zurschaustellung von Juliette vor dem Schloss beweinen. Anna schluckte, doch sie riss sich zusammen und wandte sich

Andrea zu, die auf dem Platz, den sie ihr in der Kutsche bereitet hatte, eingenickt war. Erschöpft von dem Kind, das sie unter dem Herzen trug und das Andreas Leib immer weiter anschwellen ließ und ebenso erschöpft von dem leichten Fieber, das ihre gute Freundin immer noch plagte.

Liebevoll zog Anna eine der Decken über Andrea, um sie ein wenig vor dem Fahrtwind zu schützen, der den Innenraum durchströmte. Lange würde es nicht mehr dauern, bis Andrea niederkam. Hoffentlich war das Stift Möllenbeck der richtige Ort, um ihr beizustehen. Alleine konnte und wollte Anna diese besondere Aufgabe nicht bewältigen. Andrea wusste es noch nicht, doch Anna hatte es gefühlt: das Kind würde es seiner Mutter nicht leicht machen.

*

Vor ihnen lag die Domäne Möllenbeck und die Türme des alten Klostergebäudes strahlten im Sonnenlicht. Die Wolken hatten den Weg der Kutsche nicht verfolgt, sondern waren weiter östlich über die Weser hinweg Richtung Preußen gezogen. Geschah ihnen recht, den Preußen, ordentlich Regen hatten die verdient. Wenigstens die Regenbogen blieben hier und ließen die Bevölkerung hoffnungsvoll weiter ihrer Arbeit nachgehen.

Der Kutscher bog schon nach links zum Hauptgebäude des alten Klosters ein und Anna stupste ihre Freundin kurz an der Schulter.

»Aufwachen, Andrea, wir sind gleich da.«

Andrea öffnete vorsichtig die Augen und stöhnte auf. Sie drückte sich mit ihren Füßen im Wageninneren hoch und setzte sich aufrecht, bevor sie eine Hand unter ihren Bauch legte, um ihn beim Aufsetzen abzustützen. »Oohh!«, seufzte sie und verzog vor Schmerz das Gesicht. Die andere Hand ging nach hinten und rieb über den unteren Rücken. »Wann nimmt das ein Ende? Von solchem Leid hätte ich nie geträumt.«

»Es ist nicht mehr lang. Sei gewiss, bald wirst du dein Mädchen in deinen Armen halten können.« Anna drehte ihr Gesicht zur Seite, damit Andrea das verdächtige Glitzern und die ersten Tränen in ihren Augen nicht sehen konnte. So leicht würde es nicht sein, dessen war sie sich selbst gewiss.

»Du weinst, liebste Schwester?«

»Nein, nein.« Anna wehrte ab. »Nur der Wind. Das war nur der Wind in den Augen.« Und energisch rieb sie darüber.

Das Zweiergespann blieb im Klosterhof stehen und schon kamen zwei Mannsbilder gelaufen, um Anna und Andrea aus der Kutsche zu helfen. Der eine Diener hob die Taschen von der Kutsche herunter und stellte sie neben sich hin. Der andere verbeugte sich leicht, hielt die Tür weit auf und reichte zuerst Anna und dann Andrea die Hand, um ihnen das Aussteigen zu erleichtern. »Freifrau von Grimm erwartet Sie schon.«

*

»Ja, Eure Tante hat Euch richtig informiert. Ich bin in Ungnade gefallen, habe meinen Titel als Erbgräfin verloren. All das, weil ich mich weigerte, auf die Liebe meines Lebens zu verzichten. Auf Enno, einen guten Mann aus guter, ehrlicher Familie, jedoch ohne Titel, den mein Herr Vater für mich erwirken wollte. Er hat mich verstoßen und die Gräfin Hedwig Sophie, unsere Regentin, nahm mir meinen

Stand und schickte mich zu dieser Domäne, hier an der Weser. Dafür war ich gut genug. Auf die lippischen Bauern zu achten, die hier auf Möllenbecker Grund siedeln sollen.«

Die beiden Frauen wandelten durch den Klostergarten, der ungepflegt und verlassen schien. So viele Jahre, die sich niemand mehr für das Stift interessierte. Allein der Gewinn aus der Landwirtschaft war für die hessische Regentin von Interesse. Unter einem alten knorrigen Baum stand eine Bank aus dem heimischen Sandstein, die einigermaßen bequem erschien. Links und rechts eingefasst mit recht verholzten Sträuchern, einem großen rot blühenden und einem ebenso großen mit gelben Blüten. Ungewöhnlich, befand Anna. In einem Buch aus der Bibliothek ihrer Tante hatte sie so eine Pflanze schon einmal gesehen. In Rot und in Gelb, den Farben der Rose des lippischen Landeswappens. Und Gräfin zur Lippe war seitdem auf der Suche nach einem Händler, der für sie so einen prachtvollen Zierstrauch für ihren Garten von einem der Niederländer an der Nordsee einheimsen konnte. Denn diese hatten sie auf ihren Reisen zur Erforschung der Flora in Japan über den

Hochseehafen Brake an der Unterweser mit in ihr Heimatland gebracht.

Edda Freifrau von Grimm wies auf die Bank und ließ Anna Platz nehmen. »Wenigstens bin ich hier unbeobachtet von der Regentin der Landgrafschaft und ihren Vasallen. Solange die Gelder fließen, solange geht hier alles seinen geruhsamen Gang.« Edda von Grimm strich ihr schwarzes Kleid zurecht, schob eine vorwitzige graue Strähne ihres langen Haares unter die Haube und setzte sich neben Anna auf die steinerne Bank.

»Gräfin Amalie hat mir nicht erzählt, wie es kam, dass Ihr den Titel einer Freifrau erlangt habt.«

»Enno war im Krieg ein Gefolgsmann des Grafen zur Lippe, hat ihn unterstützt, als die Schweden hierhin kamen und viel Unmut verbreiteten. Nicht nur Unterstützung beim Krieg gegen die Katholiken, nein, die Bevölkerung haderte mit den Soldaten, die sich durch ihre Dörfer wüteten. Der Graf zur Lippe, der Gemahl Eurer Tante, hat Enno aus Dankbarkeit in den Adelsstand erhoben und ihm den Titel eines Freiherren gegeben. So vermochte ich mich wieder dem adligen Stand dazu zuzählen. Und unsere Kinderschar ebenso. Mein Herr Vater und meine Frau Mutter hatte das sehr gegrämt. Nun denn ...« Edda von Grimm lächelte, doch ihre Augen zeigten noch immer den Ärger und die Enttäuschung, die ihre Eltern ihr bereitet hatten.

»Oh, von diesen Geschichten wurde mir nie berichtet.«

»Da wart Ihr wohl noch zu klein und Euer Vater untröstlich nach dem Tod Eurer Mutter. Wie mir zu Ohren kam, hat Euer Vater Euch viel zugemutet, Euch wie einen Sohn behandelt und Euch sein Erbe anvertraut.«

Anna kniff die Augen zusammen und spannte sich an. »Ja, warum auch nicht, wenn ich diese Aufgabe doch erfüllen konnte«, murrte sie verärgert, doch sie war sofort wieder besänftigt, als sie das warme Strahlen in den Augen der Freifrau von Grimm sah. Sie seufzte auf. »Doch leider ging all das Land, all der Besitz verloren, den die von Callendorps ihr Eigen nennen durften. Und nun habe ich auch noch den Titel verspielt. Mit meiner Aufsässigkeit, meinem Starrsinn.«

»Ach, Kind, wer weiß, wofür all dies geschehen ist, welchen Sinn es hat. So steht doch auch in der Bibel, dass ein Jegliches seine Zeit habe und alles Vorhaben unter dem Himmel hat seine Stunde. Nun könnt Ihr doch von Eurem Platz aus vieles erreichen, was Euch früher nicht möglich schien. Im Schatten könnt Ihr wirken und von dort gute Werke tun. Unbeobachtet.« Edda von Grimm lachte, hob die Arme, als wolle sie das Kloster, die ganze Domäne vor Freude umfassen.

»Euer Rat lässt mich wieder an die Aufgaben denken, wegen deren Erfüllung ich Euch aufgesucht habe.« Anna lächelte. »In meiner reformierten Bibel las ich: *Für alles gibt es eine Stunde, und Zeit gibt es für jedes Vorhaben unter dem Himmel*[6] und dann kam *Zeit zum Gebären*. So ist mir erinnerlich, ich sollte eiligst zu meiner liebsten Freundin gehen und ihr meine Hilfe angedeihen lassen. Sie war lang genug allein. Ich danke Euch für Euer Vertrauen und Eure Unterstützung in dieser Zeit, in der wir Frauen nur gemeinsam genug Kraft haben, um neuem Leben neue Werte zu geben und diese kalte, oft dunkle Welt wieder zu einem fröhlichen Ort zu machen.« Anna klatschte auf die Oberschenkel, erhob sich und eilte einmütig mit der Freifrau von Grimm auf die Klosterkirche zu, durch den Kreuzgang und in die Kammern, die ihnen von der Freifrau zugewiesen worden waren.

»Wenn Euch etwas fehlt, so zieht an der Glocke, es wird bald einer der Diener zu Eurer Verfügung erscheinen und Euch mit dem Gewünschten versorgen.« Sie hielt kurz vor der Tür, nickte Anna zu und ging ruhigen Schrittes weiter in ihre privaten Gemächer.

*

»Andrea?«, fragte Anna leise, doch mit Panik in der Stimme. Andrea war nicht zu sehen. Sie trat mit leichtem Schritt in die Kammer, in der Andrea und sie ihren Ruheplatz hatten. Sollte die Freundin noch ruhen, so wollte sie sie nicht stören, doch schon erklang die Antwort.

»Ja! Ich bin hier hinten, hinter der Steinsäule, am Fenster zum Innenhof. Du musst da hinausblicken, es ist so … ja, so ungewöhnlich.«

Anna trat zu ihr und schaute aus dem Fenster. »Du meinst die Gräber, die man dort erblicken kann?« Sie zuckte mit den Schultern, als Andrea nickte. »Nun denn, dies ist ein Kirchengebäude und ein Friedhof gehört wohl zu diesem dazu.«

»Wohl dem, der keine Angst vor dem Tode hat und rein ist in seinem Geiste.«

»Andrea, was redest du?«

»Ach, mir ist unwohl bei dem Gedanken. Das mag wohl die Hitze sein, die meinen Leib noch immer belastet.«

»Du solltest dich auch ausruhen und nicht hier herummarschieren. Geh zu deinem Ruheplatz und leg dich hin. Ich werde schauen, wo ich frisches Wasser für uns bekommen kann, um dir einen Tee zuzubereiten. Hab ein wenig Geduld. Sobald du etwas getrunken hast, dann werden auch deine Gedanken klarer. Vertrau mir.«

»Sicher vertraue ich mich dir an, liebste Schwester. Wem sonst sollte ich mich untertänigst verbunden fühlen?« Keuchend setzte Andrea sich auf den Diwan, der geschützt vor unangenehmen Luftzügen an der Wand platziert war und grinste Anna an.

»Untertänigst tust du dies? Das steht mir wohl kaum noch zu. Ich bin dir gleich, das solltest du immer beachten. Wir haben dieselbe Nahrung genossen, haben gemeinsam die

Zeiten durchschritten, um zu dem zu werden, was wir heute sind: Familie.«

Andrea hob die Hände und scheuchte Anna fort. »Nun geh schon, sonst vermag ich es nicht zu verhindern, dass ich weinen muss.« Sie presste die Lippen aufeinander und riss sich zusammen. Wie schön, sich Anna zugehörig fühlen zu dürfen.

*

Das abendliche Mahl mit Edda von Grimm und ihren Kindern gestaltete sich schwierig, da die Kleineren unruhig im Speisesaal herumschwirrten und sich den mahnenden Worten ihrer Mutter kichernd entzogen, während die Älteren höflich am Tisch saßen und auf die Anweisungen der Mutter warteten.

Anna hatte Andrea das Essen schon in ihre Räumlichkeit gebracht und wollte nun, um der Freifrau ihre Dankbarkeit zu zollen, am Familientisch mit ihr und ihren großen Kindern den Köstlichkeiten frönen, die die Dienerschaft auf dem Tisch platziert hatte. Doch es kam keine Ruhe auf.

Edda von Grimm winkte ihre Älteste zu sich hin und sprach leise mit ihr. Das Mädchen, das den Namen Greta trug, wie Anna zu Beginn des Abends erfahren hatte, nickte der Mutter dezent zu, drehte sich zu ihren kleinen Geschwistern, schlug kurz ihre Hände zusammen und führte sie allesamt aus dem Raum. Plötzlich trat Stille ein.

»Endlich Ruhe.« Edda von Grimm schien erfreut, dass Greta dies gelungen war. »Seit unsere Kinderfrau uns verlassen hat, ist die Bande kaum zu beruhigen.« Sie schaute zu der nun geschlossenen Tür. »Es sei denn, Greta kümmert sich. Ohne Greta ist unser Tag nicht zu bewältigen.« Sanft strich Edda über die Rückenlehne des freien Platzes neben sich und flüsterte für die anderen nicht hörbar: »Ach, Enno, du fehlst mir so.« Doch schon hatte sie sich wieder im Griff, klatschte in die Hände und wies somit die Dienerschaft an, Familie und Gast das Essen zu servieren und sprach mit nun fester Stimme und die Hände ruhig auf den Schoß abgelegt: »Lasst uns dem Herrn für seine Güte danken und für das Mahl, das wir genießen dürfen. Mögen wir seiner Gnade und seinen Gaben würdig sein. Amen. So greift zu, genießt Speis und Trank.«

»Amen«, erscholl es aus der Runde der älteren Kinder und auch Anna wiederholte das Schlusswort des Tischgebets und griff beherzt zu dem Hähnchenbein, das man ihr auf ihren Teller gelegt hatte.

*

Auf dem Stratehof mühten sich die Helfer ab, mit vereinten Kräften Teile der Holzernte vom Vorjahr zu verladen, um sie zu den Käufern der Siedlung Hessendorp in die benachbarte Grafschaft zu schaffen. In der Domäne Möllenbeck hatten sich in den letzten Jahren einige lippische Bauern niedergelassen, um der hessischen Gräfin ihre Frondienste anzubieten und dafür Land und Haus zu haben. Sie brauchten für den Bau von Scheunen und Remisen, von Ställen und Häusern Holz – viel Holz.

Radulf ächzte und wischte sich den Schweiß mit dem Handrücken von der Stirn, bis er erneut versuchte, den Baumstamm hochzuheben. »Fritz«, wies er den Knaben an, der ihm beim Beladen des Karrens half. »Knödder nich rum, heb an!«

Fritz holte tief Luft, spannte die Bauchmuskeln an, ging leicht in die Knie und mühte sich, den Stamm zu bewegen. Gemeinsam mit Radulf gelang es, das Holz rollte an seinen Platz. Fritz pustete erleichtert die Luft wieder aus.

»Das war der letzte.« Radulf beugte sich vor, stützte seine Arme auf den Oberschenkeln ab und keuchte, bis er wieder genug Kraft hatte. Der Blick zum Himmel ließ ihn drängeln. »Dann los, mien Jung. Wird bald dunkel und es ist noch weit.« Radulf freute sich schon. Am Ziel würde er endlich sein geliebtes Eheweib wiedersehen. Wie hatte er sie vermisst. Jetzt schon, nach so kurzer Zeit.

Nur noch die Pferde angespannt, auf den Sitz und auf ging es. Mit einer Ladung Baumstämme auf dem Fuhrwerk an der Niedernmühle vorbei, die Weser entlang bis Hessendorp. Es gab noch viel zu tun. Radulf trieb das Gespann mit lautem Schnalzen an. Die roten Friesen blähten ihre Nüstern und schnaubten aufgeregt, als würden sie sich auf ihre Aufgabe freuen. Möge es gelingen, der Auftrag von

Erfolg gekrönt sein. Der Karren klapperte mit seiner schweren Ladung die steinigen Pfade und die unebenen Feldwege entlang seinem Ziel entgegen.

5

1670

Die Fesseln schnitten in Juliettes Handgelenke und die Schmerzen wollten ihr die Tränen in die Augen treiben. Nur nicht weinen, nur keine Ängste zeigen, dachte sie, doch es gelang ihr nicht, die Tränen zurückzuhalten. Zu groß war die Furcht, zu groß der Schmerz.

Um sie herum schrie der Mob, einige stampften mit den Füßen auf und skandierten ihre Hexenhymnen, laut und schrill.

Ach, wenn man ihr doch die Gnade erwiese, vor dem Feuer den Kopf zu verlieren. Würden doch ihre Liebsten den Obolus an den Grafen entrichten, sie wollte lieber den Kopf verlieren, als dass sich die Flamme ihrer bemächtigte. Ihr Glaube kannte kein Fegefeuer. Sie brauchte kein Feuer, um sich von ihren Sünden zu reinigen. Und nun ließ man sie brennen? Zu verbrennen, es zu ertragen, dass das Feuer sich an ihr hochschlängelte, sich langsam ihrer bemächtigte. Nein!

Sie bemühte sich, ihre Gedanken zu fokussieren, sich in sich zu verkriechen, das Schöne in ihren Erinnerungen zu offenbaren. Und es gelang ihr, denn sie hörte das Geheul nicht, das im Hintergrund erklang. Sie erinnerte sich der schönen Zeiten, als sie dem Freiherrn Andreas von Callendorp in die Arme gelaufen war. Mitten im Krieg war sie mutterseelenallein aus ihrer französischen Heimat geflohen. Mit nichts als ihrem Wissen, ihrem Können und ihrem Glauben. All das, was ihrem neuen Leben auf dem Gut der Herren von Callendorp zugutekam. Das, was ihrem Leben neues Licht, neue Hoffnung gab.

Da ging ein Aufschrei durch die Menge. Sie wich zurück, einige stürzten zu Boden, andere stolperten über sie. Ohne Rücksicht. Die Henker rannten weg, weg von der Menge und weg vom Ort der Hinrichtung. Juliette sah den Aufruhr, doch verstand ihn nicht. Bis sie das Tier sah. Das große Angst einflößende Tier. Das Maul weit aufgerissen, die scharfen Zähne leuchtend im aufziehenden Mondlicht. Langsam auf den Richtplatz zuschreitend. Ein lautes Knurren ließ die Haut auf ihren Armen sich in kleinen Stücken erheben, die Härchen richteten sich auf. Ein Wolf. Der Speichel lief ihm aus dem Maul. Gierig, hungrig, bereit zu töten. Doch warum? Was wollte er hier? Hier bei den Menschen? Er musste krank sein, dem Wahn verfallen. Ja, das war die einzige Möglichkeit. Denn das war kein junges, neugieriges Tier. Nein, das war das Bild eines Dämons mit funkelnden Augen. Juliette riss an den Stricken, doch es half ihr nichts. Sie war diesem finsteren Wesen ausgeliefert.

Der Aufruhr um den Scheiterhaufen herum wurde immer unwirklicher, glich der einer wogenden Masse an Leibern, die verzweifelt versuchte, dem Untier zu entfliehen. Nun stand der Wolf genau zwischen Juliette und dem schreienden Volk, die Menge im Blick. Sie verstand es nicht. Warum griff er sie nicht an? Lief auf den Scheiterhaufen zu und vergnügte sich an der leichten Beute, die ihm schutzlos ausgeliefert war? Festgebunden, allein gelassen.

Doch dann begriff sie.

*

Aus der Entfernung beobachtete Susanna, wie das sensationslüsterne Volk vom Richtanger mitten im Dorf auseinander stob und das Weite suchte. Dass sie ihnen so viel Angst gemacht hatte? Erstaunlich. Etwas rumheulen, ein bisschen knurren und schon rennen die weg. Als wäre sie das Böse in Person.

Im Schutz der Bäume konnte sie Radulf erkennen, der sich, so wie abgesprochen, an den Pfahl heranpirschte, an den Juliette angebunden war. Vermutlich sprach er sie gerade leise an und beruhigte sie, probierte erfolgreich, die Stricke zu lösen und Juliette mit zu dem Karren zu nehmen, um sie in das Versteck unter den Holzstämmen zu bugsieren.

Soweit Susanna sehen konnte, ging alles glatt ab. Hoffentlich schaute in dem Moment keiner der verängstigten Wächter zu dem Scheiterhaufen, der verlassen dastand. Verlassen von der Hexe, die heute verbrannt werden sollte. Noch einmal heulte sie laut auf und lenkte die Aufmerksamkeit der Leute auf dem Henkersplatz in ihre Richtung. Ein letztes Mal schaute Susanna zum Schloss hoch. Sie sah ein Licht in einem der Räume der Gräfin leuchten und kurz darauf verlöschen, und sie erblickte eine Person, die aus dem Fenster im oberen Stockwerk dem Treiben zugeschaut hatte. Die Dienerschaft war fast vollzählig bei dem Spektakel versammelt gewesen und mittlerweile auf dem fluchtartigen Rückweg in die Sicherheit der Schlossmauern. Prima, bis hierher war der Plan aufgegangen. Nun lag es an Radulf, seinem Gehilfen und Anna, ob alles glatt lief und sie Juliette den Fängen ihrer Häscher endgültig entziehen konnten. Susanna hatte ihre Aufgabe erfüllt. Sie wandte sich um, trabte zurück in den Wald und fiel dann in den Galopp. Nur schnell – schnell zurück nach Elfenborn. Die Meute der Jäger hinter sich her lockend. Weit weg von den Weserauen, hin zu den dunklen Bäumen und den plätschernden Quellen. Fast geschafft. Schneller, sie musste schneller sein. Dem Mob entwischen. Und schon wieder erklang ein Schuss. So nah. Susanna erschrak.

*

Der Vollmond schob sich hinter dem Wolkenband hervor und Radulf atmete auf. Er hoffte inständig, dass er während der Fahrt genug sehen konnte. Wenigstens die Pferde hatten mit der Dunkelheit keine Probleme und so konnte er das Gespann leichter über den Weg Richtung Rinteln führen. Jetzt musste er nur noch unbehelligt an sein Ziel kommen. Weit war es nicht mehr, immer an der Weser entlang.

In der Ferne hörte er Hufgeklapper aus Richtung Varenholz auf den Karren zukommen. Radulf schaute auf seinen Gehilfen und legte einen Finger auf den Mund. »Das Glück ist uns wohl nicht in allem hold. Der Vollmond, der uns leitet, die Schergen, die uns stoppen wollen«, sagte er leise, um dann volltönend fortzufahren: »Da scheinen wohl einige Reiter hinter uns zu sein, die in Eile sind. So lass uns eine Stelle zum Halten finden und ihnen Platz machen.« Er lenkte die Pferde an den Rand, als der Pfad etwas breiter wurde, hielt an, lauschte auf das näherkommende Getrappel und hoffte sehr, dass sein Hinweis angekommen war.

Und schon waren die Reiter neben ihm, der erste sprang ab, stob eilig auf Radulf zu, während die beiden anderen um den Karren herumgingen und die Stämme inspizierten.

»Was ist Euer Begehr? Wo wollt Ihr hin zur Abendstund?«

Radulf senkte den Kopf. »Man gab mir den Befehl, das Holz nach Rinteln zu bringen.«

»Wer tat dies und was ist Euer Ziel?«

»Die Stämme kommen aus den Wäldern derer von Callendorp und werden nach Hessendorp in den Besitz der Regentin von Hessen-Cassel gebracht. Die Papiere führe ich mit.« Radulf suchte in seinen Taschen nach den Schreiben, die man ihm mitgegeben hatte, doch der Büttel winkte ab.

»Schon gut, schon gut, das mag wohl seine Richtigkeit haben. So sagt mir denn: Habt Ihr auf Eurem Weg ein Weib gesehen, das durch die Wälder und Auen flüchtete?«

Radulf hob die Schultern und schaute auch seinen jungen Begleiter an, der den Kopf schüttelte. »Nein, auf unserem Wege nicht. So vermag ich im baldigen Dunkeln auch nur den Pfad zu erkennen.«

Der Häscher winkte die beiden anderen zu sich und wies sie an, ihre Pferde zu besteigen. »So seid aufmerksam und gebt gut acht. Diese Nacht ist das Böse unterwegs und es macht auch nicht vor Eurem Stande halt.« Und schon stieg er auf, trieb sein Pferd an und galoppierte von seinem Gefolge begleitet weiter die Schneise entlang Rinteln entgegen.

Radulf hielt sich die Hände vor die Brust und atmete tief ein und ganz lang wieder aus, bis sein wie wild schlagendes Herz sich endlich beruhigt hatte. »Oh, das Glück war uns hold«, meinte er zu seinem Gehilfen, der noch immer vor Angst schlotterte. Radulf legte ihm eine Hand auf die Schulter und rieb beruhigend darüber. »Hab Geduld und atme ruhig, dann geht es dir gleich besser.« Dann stieg er vom Karren und ging nach hinten zu den Holzstämmen, um sich dort abzustützen.

»Juliette?«, flüsterte er. »Sie sind weg. Alles in Ordnung?«

»Ja«, wisperte es aus dem Versteck unter den Stämmen zurück.

»Das Ziel ist bald erreicht. Es vermag nun weiterzugehen, die Schergen sind in der Ferne verschwunden.«

Unter den Stämmen erklang ein leichtes Seufzen. Doch in der Ferne, da heulte der Wolf.

*

Anna lief unruhig den westlichen Kreuzgang rauf und runter und schaute von Minute zu Minute aus den Fenstern, doch sie konnte im Dunkel der aufkommenden Nacht kaum etwas erkennen. Der Vollmond verzog sich immer wieder hinter vorbeistreichenden Wolken und die Sicht war vollends vergangen.

Hatten Radulf und Fritz die Lieferung heil in die benachbarte Grafschaft bringen können? War es gelungen, Juliette von ihrem Pfahl zu befreien? Anna schlug unruhig mit den Fingerspitzen auf die breiten Fensterlaibungen und schrie abrupt auf, als die Hand abrutschte. O je, sie hatte sich einen der Finger an dem rauen Putz aufgeschlagen. Ein feiner Blutstropfen quoll aus dem Riss, verschmierte den Finger und tropfte auf den Boden. Verzweifelt suchte Anna nach einem Lumpen, doch sie hatte keinen dabei und so beugte sie sich hinunter, riss einen Fetzen von ihrem Unterkleid, lutschte das Blut von ihrem Finger, wickelte ihn darin ein und verknotete das Stück Stoff. Ein Glück, die Blutung ließ sich problemlos stoppen.

Da erregte ein Schimmer, draußen auf dem Pfad die Weser entlang auf das Kloster zu, ihre

Aufmerksamkeit. Ein leichter Wind hatte die Wolken weitergescheucht und Anna konnte im nun wieder leuchtenden Vollmond ein Pferdegespann erkennen. Ja! Ja, das mussten sie sein. Der Karren mit den Baumstämmen und ihre roten Friesen als Zugtiere. Ja! Das waren sie. Juliette war da. Das musste so sein. Und schon hob Anna ihre Röcke an und rannte los. Raus aus dem Kreuzgang, aus der Seitentür Richtung Weserufer zum Treidelpfad. Ja, schrie es gellend in ihr. Sie waren da.

*

Auch die beiden Helfer der Freifrau von Grimm hatten sich schon in Bewegung gesetzt und waren auf dem Weg zum Karren, um beim Abladen zu helfen.

Anna winkte ab. »Wir brauchen heute eure Hilfe nicht. Der Karren wird morgen bei Sonnenaufgang abgeladen. Mittlerweile ist es schon zu dunkel. Seht selbst.« Und sie wies auf den Himmel und den Mond, der mittlerweile völlig von den Wolken verdeckt war. Anna atmete auf. Alles passte. »Eure Herrin wünscht euer Erscheinen in der Früh. Möget ihr dann nach ruhiger Nacht voller Kraft vor Ort hier sein.«

Die jungen Männer nickten Anna zu und wandten sich um, auf dem Weg zurück zu den Gesindehäusern außerhalb der Sicht zum Weserufer. Man sah ihnen ihre Erleichterung regelrecht an. Es war ja auch die Zeit zum Schlafen, die Zeit zum Arbeiten war längst vergangen.

Und schon eilte Anna weiter auf Radulf und Fritz zu und stoppte abrupt vor ihnen, Tränen im Gesicht. »Ach, Radulf, voller Sorge haben wir euch erwartet. Ist alles zu unser aller Wohlgefallen geschehen?«, fragte sie leise, um keine unliebsamen Zuhörer in der Nähe aufmerksam zu machen.

»Alles war so, alles ist so, wie es uns beliebte.« Radulf pustete die Luft aus und wischte sich den Schweiß von der Stirn. »Alles so, wie gewünscht, Freiin.«

»Ach, Radulf«, schimpfte Anna und stupste den Mann an, der nach dem Tod ihres Vaters dessen Rolle übernommen hatte. Dass sie ihren adligen Stand verloren hatte, das konnte er nicht akzeptieren. Anna verstand ihn nicht. Auf den Stand kam es ihr nicht an, dabei wusste sie, dass sie auch jetzt noch Privilegien hatte, die es ihr ermöglichten, den Menschen, die ihr dienten und auch jenen, denen sie sich verpflichtet fühlte, zu helfen, wenn das Schicksal danach verlangte. Somit straffte sie sich, rieb die Tränenspuren weg, schniefte kurz und ging zu den Baumstämmen, die der Karren geladen hatte. »Lasst uns schnell die Ladung in die Kammer bringen.« Sie strich mit den Händen über das Holz und Radulf hob mit Fritz die obersten Stämme an und sie legten sie neben dem Pferdekarren ab. »Gleich ist es vorbei, Juliette.«

Die Pferde wieherten unruhig und schlugen mit dem Kopf und Anna winkte Fritz zu sich hin. »Nimm das Geschirr ab und führ die beiden in den Stall und versorge sie. Und dann kannst du zur Köchin gehen und dir dein Mahl holen. Und lass dir danach deinen Schlafplatz zuweisen. Aber«, sie hob den Zeigefinger an den Mund, »denk dran, behalt für dich, was deine Augen sahen und deine Hände taten.« Fritz lächelte, nickte aufgeregt mit dem Kopf, um seine Zustimmung auszudrücken. In die Küche? Wunderbar. Schnell führte er den Auftrag aus und marschierte mit den Pferden los.

Radulf reichte Juliette die Hand und zog sie sanft hoch, um sie am Rand des kleinen Verschlages auf den Arm zu nehmen und über die Kante zu heben. Vorsichtig setzte er sie auf ihren Füßen auf den Wiesenboden ab. Sie seufzte auf und wankte, doch Radulf griff sofort zu und stabilisierte sie.

»Lass mich, ich werde gehen.« Doch es gelang ihr nicht, sie knickte erneut ein.

»Ich werde dich tragen und bringe dich ins Stift«, bestimmte Radulf, hob Juliette erneut an und ging Anna voraus in Richtung der alten, dunklen und verlassenen Klostermauern.

*

Ein dienstbarer Geist hatte in den Gängen des alten Klosters die Lichter entzündet und so war es für Radulf ein Leichtes, ohne zu stolpern oder zu stürzen den Weg zu der Zimmerflucht der Frauen zu finden. Anna trat vor ihn, öffnete ihm die Tür und Radulf schritt hindurch, trug Juliette zu einer Ruhebank. Die nahm die Arme von seinem Hals und er setzte sie vorsichtig ab.

»Du kannst auch zur Köchin gehen und dich dort stärken. Wir schicken dir Nachricht, sobald Andrea dich empfangen kann und du zurückkommen kannst.«

Radulf riss die Augen auf. »Ist mit Andrea alles gut?«

»Ja, keine Sorge.« Anna lächelte ihn an und schob ihn langsam aus dem Raum. Es wurde Zeit, dass sie sich um Juliette kümmerte.

Erst jetzt, im etwas diffusen und flackernden Licht der Öllampen, vermochte Anna ihre langjährige Zofe genauer zu betrachten. Sie kniete sich zu ihr runter und griff nach ihren Händen. Radulf hatte ihr einen schwarzen Stoff übergeworfen, als er sie vom Richtplatz zu dem Karren geführt und dort verborgen hatte.

Juliette stöhnte leise und blickte Anna in die Augen. Und Anna erschrak. Langsam nahm sie ihre Hände zurück und sah die schrecklichen Taten, die man einer ihrer Lieben angetan hatte. Wie oft hatte sie davon gehört? Wie oft hatte sie mitgelitten? Doch noch nie hatte sie es mit eigenen Augen gesehen, wie grausam diese Hexenjäger die Frauen und Männer quälten, die sie zu einer Aussage zwingen wollten.

Die Fingernägel waren an der linken Hand allesamt herausgerissen und die Nagelhaut war blutverkrustet. Anna presste die Lippen zusammen und hob eine Hand vor den Mund. Dabei verrutschte das Tuch auf ihrem Kopf und glitt auf Juliettes Schoß. Anna sah nun auch den kahl geschorenen Kopf, die fehlenden Augenbrauen und voller Entsetzen fiel ihr Blick auf das wunderschöne Muttermal, das einem runden Knopf ähnlich Juliettes Grübchen auf ihrer rechten Gesichtshälfte zierte. Geziert hatte.

Das junge Fräulein Callendorp nahm Juliettes Kopf vorsichtig in ihre Hände und drehte ihn sanft zum Licht. Voller blutiger kleiner Löcher, zerrissen und nur an einem Hautfetzen hängend, erkannte sie die Reste des Muttermales. Anna schluchzte auf.

»Juliette, o Juliette, was hat man dir angetan?«

»Das können wir heilen, meine Kleine. Das wird wieder. Ich lebe, das ist das Einzige, was zählt.« Und dann nahm sie Anna in ihre Arme und beide Frauen schluchzten. Eine um das, was verloren ging und die andere um das, was für die Zukunft verloren war.

*

Es hatte nur wenige Minuten gedauert und Anna hatte dafür gesorgt, dass Juliette sich reinigen konnte, ihre Wunden mit heilenden Salben gepflegt wurden und sie frische Kleidung bekam, sowie einen Platz, um zur Ruhe zu kommen.

Juliette saß mit Anna auf der Bank in der Zimmerflucht und unterhielt sich leise, da knurrte ihr Magen unüberhörbar. Anna lachte laut auf.

»O nein! Wir brauchen Speis und Trank für dich. Ich habe es ganz vergessen. Bitte verzeih, Julie. Ich sah nur deine Wunden.« Sie schüttelte den Kopf und stand auf, um zur Tür zu gehen, in dem Moment klopfte es an. Schnell ging Anna zurück und reichte Juliette eine Haube, die noch auf der Bank lag, damit sie ihren kahlen, verschorften Kopf bedecken konnte.

»Ja, tretet ein!«

Die Tür öffnete sich und Greta, die älteste Freiin derer von Grimm, trat ein. In ihren Händen ein Tablett mit einem dampfenden Eintopf und einem Humpen Bier.

Anna strahlte. »Greta, wie wunderbar. Du kommst zur richtigen Zeit.«

»Ich hörte von unserem neuen Gast und hoffte, dass ein warmes Mahl zu ihrem Gesunden beitragen könnte. Die Nächte sind schon recht kühl. Da sollte die Wärme ein wenig Ausgleich bringen.«

»Stellt es hierhin, Greta«, wies Anna an und zeigte auf den höheren Tisch, an dem drei Holzstühle aufgereiht waren. »Wie kommt es, dass Ihr diese Pflicht erfüllt?«

»Seit die Mutter von der Gräfin zu Hessen-Cassel in diese Region und in dieses ehemalige Klostergebäude verstoßen wurde, hat sie ihr auch eine große Dienerschaft verwehrt. Wir müssen sehen, wie wir mit den wenigen, die uns verblieben, zurechtkommen. Der Tod des Vaters machte es nicht leichter. Seine Knappen haben uns verlassen. Somit muss jedes von uns Kindern neuen Aufgaben folgen.« Greta senkte kurz den Blick, doch dann sah sie wieder hoch und ein Leuchten zeigte sich auf ihrem Gesicht. »Mir macht es Freude. Ich diene gern. Wie dem Herrgott so auch den Menschen, die meiner Hilfe bedürfen.« Das Mädchen nickte den beiden Frauen zu, wandte sich um und verließ auf leisen Sohlen den Raum.

Juliette nahm vorsichtig die Haube wieder ab, legte sie zur Seite, stand auf und ging zum Tisch. Schon beim Hinsetzen stieß sie seufzend hervor: »Ach, so ein gutes Mädchen. Sie will den Weg ihrer Mutter beschreiten. So hoffe ich, dass es ihr gelingen wird.«

Anna stutzte. »Was meinst du? Was geht dir durch den Sinn?«

»Auf Varenholz, da habe ich es erfahren. Die Gemeinde in Langenholthusen hat nach einem neuen Pfarrer für ihre Kirche ersucht. Er wurde in Rinteln in seinem Amt ausgebildet.«

»So ist es, das ist mir bekannt. Und Greta von Grimm?«

»Die Freiin traf den jungen Mann bei einem Gottesdienst, den die Gräfin zur Lippe in der Schlosskirche ausrichten ließ und es war wohl um das Mädchen geschehen. Und auch der Pfarrer konnte sich seinen Gefühlen nicht entziehen.«

»Woher weißt du von diesen Dingen?«

»Schaut genau hin, dann werdet Ihr es spüren.« Juliette fing an zu lachen. »Nein, das ist es nicht allein. Der junge Mann hatte nach meiner Hilfe ersucht und sich mir offenbart. Seine Sorge saß tief, sein Stand kommt dem der Freiin nicht nah. Und das vermag nicht nur ihn, sondern auch Greta zu betrüben.«

»Und Freifrau von Grimm? Weiß sie von den Sorgen ihrer Ältesten?«

Juliette zuckte mit den Schultern. Die Suppe dampfte noch in ihrem Keramikgefäß und sie griff nach ihrem Löffel, um die Einlage zuerst zu essen und ihren größten Hunger zu stillen. Erst dann nahm sie die Schüssel in beide Hände und trank die Flüssigkeit in kleinen Schlucken. Und immer wieder zwischendurch ein paar Bissen von dem Kanten Brot, das ebenfalls auf dem Tablett lag.

»Ach, Juliette.« Anna konnte sich nicht mehr zurückhalten und seufzte laut. »Wir konnten dich befreien, das vermag mich mit Glück erfüllen. Doch trotz allen Glücks, da betrübt mich die Sorge, was die Zukunft bringen mag. Du kannst dich nicht für alle Zeit verstecken. Vorerst gibt Freifrau von Grimm dir Tun, Brot und Schlafstatt hier auf den Höfen rund um die Domäne Möllenbeck. Nur wird dich jemand erkennen, so plagt mich die Sorge, dass du erneut dem Blutgericht zugeführt wirst. Wenn böse Zungen dir Böses wollen, so wird geredet werden. Nun, zu dieser Zeit werden viele nach dir suchen, deine Flucht als schlechtes Omen sehen.«

»Wohl mehr den Wolf, den werden sie fürchten. Und ihn verfolgen, das ist die Hoffnung, die mich erfüllt und jetzt beruhigt.«

»Der Wolf. Ja. Möge er seine Verfolger in die Irre geführt haben. Weit weg von uns, weit weg von dir. Sollen die Häscher ihn doch suchen. Sie werden ihn nicht finden, so hoffe ich, so bete ich. Um sein Leben.«

Juliette lächelte. »Sie wird es schaffen, seid gewiss.«

Und in der Ferne, da hörte man die Schüsse. Anna verkrampfte sich und fing an zu zittern. Sie sah zu Juliette. Und dann knallte eine der Zwischentüren und ein lauter Schrei erklang.

*

»Juliette! Juliette, da bist du ja. Was habe ich dich vermisst.« Andrea hielt sich den Bauch und ging so schnell auf Juliette zu, wie es ihr mit ihrem runden Leib und ihrem geschwächten Körper möglich war. Ihre Haare klebten am Kopf, vom Schweiß wirr in alle Richtungen geschoben. Sie ging weiter auf ihre heilkundige Freundin zu und riss entsetzt die geröteten Augen auf. »Oh, was ist dir geschehen? Was hat man dir angetan?« Von oben bis unten betrachtete sie Juliette und schüttelte ihren Kopf immer schneller. »Nein!«, keuchte Andrea, wollte nach einer der beiden Frauen greifen, doch sank in sich zusammen. Anna sprang vor, griff nach ihr und legte sie sanft auf dem Boden ab. Ein feuchter Fleck bildete sich auf dem kahlen Ziegelstein unter ihr.

»Andrea? Vermagst du uns zu hören? Andrea?« Sie wurde immer lauter. Da legte sich von hinten eine Hand auf ihre Schulter.

»Los, hol Radulf. Er muss uns helfen. Und bring mir meine Tasche. Ihr habt sie doch mitgeführt?«

Anna nickte, rannte zur Tür, zog wieder und wieder an der Leine und lief los. Hilfe holen.

*

In den Gemächern der Freifrau besprach sich Radulf mit Edda von Grimm, als beide erschrocken zusammenfuhren. Die Glocke aus einer der Zimmerfluchten läutete und läutete. Anna? Andrea? Wer brauchte Hilfe? Radulf stürmte los, das Gesicht sorgenvoll gefurcht.

Radulf und auch Greta drängten sich zur gleichen Zeit in das vordere Zimmer und sahen Juliette, die auf dem Boden neben Andrea kniete, ihre Hand hielt und mit einem frischen Lumpen das schweißnasse Gesicht abtupfte.

»Radulf«, sagte sie ruhig und ließ sich von Anna ihre Tasche reichen, entnahm ihr ein kleines Döschen, schraubte es auf und rieb eine bisschen Salbe unter Andreas Nase. Andrea fing an zu husten und schlug die Augen auf.

Radulf keuchte. »Liebste, o Liebste, was ist dir geschehen?«

»Radulf«, wiederholte Juliette. »Alles wird gut, hab keine Sorge. Die Niederkunft ist so weit, dein Kind ist ein eilig Geschöpf.« Sie blickte ihm in die Augen, gab sich Mühe, ihn zu beruhigen. »Nun nimm sie auf die Arme und trage sie zu ihrer Schlafstatt, der Boden ist zu kalt für die Zeit, die nun folgt.«

Andreas Gemahl konnte den Blick von seiner Frau nicht lassen, doch er folgte Juliettes Bitte, hob Andrea vorsichtig an, gab ihr einen Kuss auf die Wange, trug sie in den Nachbarraum und legte sie dort sanft auf ihr Bett. Mit leicht geröteten Augen sah er Andrea an.

»Ach, Andrea, wie vermag ich dir zu helfen?«

Seine Gemahlin lächelte ihn an und griff nach seiner Hand. »Es ist schon gut, mein Liebster. Alles ist gut. Juliette und Anna sind bei mir und werden mich anleiten. Und auch Greta ist da. Alles wird gut. Nun geh und warte.« Plötzlich presste sie fest Radulfs Hand und schrie laut auf.

Radulf erschrak. Anna ging auf ihn zu und schob ihn aus dem Raum. »Alles wird gut, Radulf. Hab Vertrauen.« Und schon schloss sie die Tür hinter ihm und eilte zurück zu den drei Frauen, die in den kommenden Stunden einem weiteren weiblichen Wesen den Weg in die Welt ebnen wollten. Es würde nicht leicht, das war sicher. Somit zog sie Juliette vorsichtig zu sich hin, um mit ihr ihre Sorgen zu besprechen.

»Julie«, flüsterte sie, ohne dass Greta und schon gar nicht Andrea sie hören konnten. »Mir wäre es nicht möglich, dem Kinde zu helfen. Es stimmt etwas nicht, das wollte ich dir berichten. Das Fieber, von dem ich dir berichtete, die Hitze, das schien nicht nur von den kühlen Nächten zu kommen. Mein Hände spürten das Kind. Es erschien so anders, so anders als du mich gelehrt hast.«

Juliette nickte. »Ja, es hat dich nicht getrogen. Meine Sinne ließen mich dies auch erfühlen. Die Niederkunft wird sich nicht als leicht gebärden, das Kind hat den wahren Weg noch nicht gefunden. Lass uns den Weg bereiten. Wir müssen es drehen.«

Anna riss die Augen auf. »Drehen? Das geschieht nicht allein?«

»Nein. Es ist zu spät.«

*

»Komm ein wenig vor«, bat Juliette Andrea, die schon wieder laut aufschrie, als sich eine Wehe ihrer bemächtigte.

»Nein, nein. Mach, dass es ein Ende hat. Ich vermag es nicht zu ertragen. Dieser Schmerz.« Andrea drehte sich zur Seite und sah Anna an. »Anna! Anna, hilf mir.«

Juliette nickte Anna zu. »Du hast ihr größtes Vertrauen. Rutsche hinter die Schwester und halte sie in deinen Armen, geschützt an deiner Brust.«

Sanft zog Anna Andrea auf dem Bett ein Stück vor zur Bettkante, stieg hinter sie und ließ sie sich mit ihrem Rücken anlehnen. Greta stellte sich neben Juliette – bereit, zu helfen, wenn ihre Hilfe vonnöten war.

»So seid froh, dass wir keinen Stuhl für die Niederkunft hier unser Eigen nennen. So ist es ein Leichtes, sich in die Arme der Familie fallen zu lassen«, lenkte Juliette Andrea ab, während sie sie untersuchte und vorsichtig begann, den Weg des Kindes zu verändern.

Erneut schrie die Gebärende auf und presste dann fest die Zähne aufeinander. Lange würde es nicht mehr dauern, die Wellen überkamen sie in immer kürzeren Abständen.

Anna hinter ihr rieb ihr zur Entspannung über den Rücken und ihr Blick zu Juliette ließ sie nicken. »Wenn der Schmerz dich überkommt, so schließe die Augen. Überleg, was der Pastor uns verlesen hat. Vermagst du dich zu erinnern?«

»Ja«, keuchte Andrea und bemühte sich, die Worte herauszupressen. »Wenn eine Frau niederkommt, ist sie traurig, weil ihre Stunde gekommen ist. Wenn sie das Kind aber geboren hat, denkt sie nicht mehr an die Bedrängnis vor Freude, dass ein Mensch zur Welt gekommen ist[7]«, zitierte sie mit einigen Unterbrechungen.

»So siehe, der Schmerz, der gehört dazu. Der Schmerz, der geht vorbei.«

Andrea griff nach Annas Hand neben sich und presste sie fest. »Ich vertrau, ja, ich vertrau dir.« Der nächste Schrei ließ dann Anna weinen, denn Andrea hatte ihre Hand zu sich gerissen und so fest zugedrückt, dass Anna die Tränen aus den Augen glitten.

»Halt aus, liebste Schwester, halt aus. So erzähl mir doch von den Kindern in deinem Schulraum. Welch' Dinge lehrtest du?«

»Au«, begann Andrea, und in dem Moment, als sie mit ihrer Erzählung beginnen wollte, jagte eine neue Welle durch sie hindurch und sie schrie auf. Schrie vor Schmerz in der Drangsal, die sie überkam. Und mit einem Mal wurde es still, kein Laut gelangte an die Ohren. Anna riss die Augen auf und Greta tat es ihr nach. Da ging das Gebrüll los.

*

Unruhe breitete sich vor der Eingangstür zur Zimmerflucht aus. Man hörte es bis in die hinteren Räume. Immer näher kamen die Schritte, erst durch den Empfangsraum, dann krachte die Tür zum Gang mit einem lauten Knall ins Schloss und es pochte am Türblatt, bevor die Tür zum Nachbarzimmer sich öffnete. Schon rüttelte es an dem Griff zur Zwischentür.

Anna hielt die Luft an, sah sich im Zimmer um, die anderen Frauen im Blick. Waren sie entdeckt worden? Hatten die Häscher ihre Spur gefunden?

»Anna? Anna Callendorp?«, erklang es anklagend aus dem Nachbarraum.

Sie schluckte, hielt sich eine Hand auf die Brust und atmete auf. »Ja, Radulf. Hab Geduld, ich öffne dir.« Anna erhob sich von der Schlafstatt, stieg auf den Boden, tapste mit nackten Füßen zur Tür und drehte den Schlüssel im Schloss, nachdem sie den Riegel abgehoben hatte, und drückte die Tür auf. »Tritt ein, doch verhalt dich ruhig. Deine Liebste hat endlich in den Schlaf gefunden. Sieh selbst.«

Radulf schritt hinter Anna her, die ihren Finger auf den Mund gelegt hatte und um eine der Säulen herum zur Schlafstatt schlich.

Und dann sah er es. Er presste die Lippen zusammen und schüttelte den Kopf. Da war sie, seine liebste Gemahlin. Die junge Frau, die ihn auserkoren hatte, ihm gefolgt war. Ihm, dem Knappen aus dem fernen Passau, dem Gehilfen des Freiherrn von Callendorp. Da lag sie, die Augen geschlossen, an die Kissen hinter ihrem Rücken gelehnt, das blonde Haar verschwitzt unter der Haube herausschauend. Und in ihrem Arm, eingewickelt in reines Leinentuch, ihr Geschenk an ihn: seine Tochter. So klein, so zierlich.

Sofort drehte sich Anna zu ihm um und legte ihre Hand auf seinen Arm. »Sei gewiss, alles ist gut. Juliette hat dem Kind auf die Welt geholfen. So war es gut, dass eure Tochter schon heute das Licht erblickt hat. Alles ist gut«, wiederholte sie. »Sie hat die Welt mit einem lauten Klagen begrüßt und nun ruht auch sie, denn der Weg war voller Anstrengung.«

Radulf konnte nur staunen. Was Anna ihm berichtete, das verstand er nicht. Warum sollte er auch? Sein Weib war wohlauf, sein Kind auch. Da konnte er nur zufrieden sein. Endlich bekam er wieder einen Ton heraus und sprach leise mit Anna. »Ist mir nicht verständlich, was du da sagst, von Anstrengung und Klagen. Es ist doch der Frauen Weg, die Kinder zu gebären. Was vermag da anstrengend sein?«

»Ach, Radulf.« Anna lächelte ihren langjährigen Vormund an. »Nur weil der Beginn so schön sein kann, so muss das Ende nicht auch voller Leichtigkeit sein. Doch nun ist es vorbei und sie sind wohlauf. Es ist dein erstes Kind, ein Geschenk, und ich bin so froh, dass ich Andrea begleiten durfte. Komm in einer Stunde wieder, dann kannst du beide erfrischt und mit neuer Kraft in die Arme nehmen.«

»Oh, dies ist mir nicht möglich. Komm mit hinaus, Anna.« Radulf ging vor in den Nachbarraum und wartete dort, bis Anna mit Juliette und Greta gesprochen hatte und ihm gefolgt war. »Der Grund, dich aufzusuchen, der war ein anderer. Die Freifrau von Grimm schickt nach dir. Die Häscher, sie stehen vor der Tür. Sie verlangen Auskunft, ob wer einen Blick auf die Hexe erhascht hat. Die Freifrau will sich mit dir beraten. Noch verweilen die Männer auf ihren Wunsch in der Wirtsstube bei Speis und Trank. Sie suchen schon viele Stunden und sind nun erschöpft.«

»Und der Wolf, Radulf? Was ist mit dem Wolf geschehen? Haben die Jäger ihn gefunden?«

»Da kann ich nichts berichten. Es gab Schüsse, es gab Lärm in der Nacht, die vergangen ist. Doch es hat uns derweil keine Nachricht ereilt.«

Anna schlug sich beide Hände vor den Mund. »Ist keine Nachricht eine gute Nachricht? So sprich, Radulf, beruhige mich.«

»Da kann ich dir nicht raten. Es ist gut, wenn der Wolf verschwunden ist. Er hatte sich wohl verlaufen, voller Neugier, so zeigte seine Jugend. Möge er zurückgefunden haben zu seinem Rudel, denn wir müssen ihm dankbar sein. Er hat die Ablenkung gebracht, die vonnöten war, die Fesseln zu lösen und zu flüchten. Welche Fügung!«

»Ja, Radulf, das war es. Eine göttliche Fügung.«

*

Es war ziemlich zugig auf dem Weg zu Edda von Grimm und Anna zog sich den Umhang fester um die Schultern. Sie zitterte. Vor Kälte wohl kaum, da war sie ausreichend geschützt. Sie fror innerlich, vor Sorge. Sorge vor der Zukunft, die sich nun offenbaren würde. Denn das würde sie in Kürze. Dieses Gespräch hatte sie schon erwartet und es war die Zeit gekommen. Zeit zum Abschiednehmen.

Nun stand sie vor der Tür und hob die Hand. Sie stockte mitten in der Bewegung. Es war so endgültig, doch es musste sein, also klopfte sie.

»Radulf, warte hier draußen und gib acht, dass keiner lauscht.«

Annas Ziehvater nickte stumm und stellte sich neben den Rahmen, da knackte es schon. »Wer da?«

»Anna Callendorp, wie Ihr wünschtet.«

Die große Holztür öffnete sich einen Spalt, die Freifrau winkte sie eiligst hinein und verschloss die Tür hinter ihnen. »Setzt Euch, wir haben viel zu besprechen und die Zeit ist kurz. Die Häscher sind beschäftigt, doch es wird nicht lange sein. Wir müssen schnell reagieren.« Edda von Grimm ließ ihren Blick kurz auf Anna ruhen und nahm dann neben ihr Platz, bevor sie fortfuhr. »Hat Eure Tante Euch von ihren Plänen berichtet?«

»Ja.«

»In all ihren Facetten und all der Last, die Ihr tragen müsst?«

»So denke ich. Auf was spielt Ihr an?«

»Meine Kinder und ich, wir werden gehen. Fort, in die Ferne nach Amerika.«

»Die Tante hat davon berichtet, zumindest so viel ihr in der Kürze möglich war.«

»Hier hält uns nichts. Die Regentin beschränkt das Leben, nutzt die Domäne nur für ihren Säckel. Das allein bereitet ihr Vergnügen.« Sie haute mit der Hand auf den Tisch, an dem sie saßen. »Doch was geb ich weiter, es ist Euch schon bekannt.« Edda holte tief Luft und beruhigte sich wieder. So, wie Anna sie kennengelernt hatte.

»Morgen sollte es losgehen, alles ist vorbereitet. Der Lastkahn liegt schon bereit, ist beladen mit unserem wenigen Hab und Gut. Der Schiffer wird uns die Weser entlang an Bremen vorbei bis hoch nach Brake bringen und dort ist das große Schiff, das uns mit nach Amerika nimmt.«

»Und Eure Kinder? Sind sie auch bereit?«

»Ja. Ob klein, ob groß, sie alle zieht es in die Welt. Raus aus diesen dunklen, diesen feuchten Gemäuern mit all den unsäglichen Geschichten, die in manchen Räumen von den Wänden widerhallen. Ein neuer Anfang ist es, der uns Hoffnung bringen wird. Hoffnung – und eine andere Zukunft als die, die die Regentin hier an diesem Ort für uns vorgesehen hat. Ich werde die Familie, die mein Enno mir geschenkt hat, nicht von ihr zerstören lassen. In Gedenken an das, was wir uns aufgebaut haben. In Gedenken an Enno, den Freiherrn von Grimm, so wie ihn der Graf zur Lippe titulierte.«

»Und Ihr werdet all Eure hiesigen Verbindungen kappen? Keinen Blick mehr zurück?« Anna schaute zu der resoluten Edda von Grimm auf und sah ihr direkt ins Gesicht. Die hielt ihrem Blick stand und ihre Miene wurde plötzlich von zwiespältigen Gefühlen überflutet. Freude, aber auch Furcht.

»So war es gedacht, doch Ihr werdet es erfahren haben und ich habe es erahnt, denn ich bin die Mutter und all meinen Kindern zugetan.« Edda stand auf und ging zu dem Fenster auf der Weserseite. Gedankenverloren starrte sie hinaus. »Sie ist wie ich, sie hört auf ihr Herz und das, was es ruft. Ich werde mich ihr nicht entgegenstellen und ihr Zwang antun. Mein Gemahl und ich sind diesem Weg, der uns verband, gefolgt und so wird es auch unsere Greta tun. Gemeinsam mit dem Pastor.« Sie drehte sich wieder zu Anna um, ihre Augen fingen an zu leuchten und ein wenig zu glitzern. »Zu Eurer Frage: nein, alle Verbindungen werden wir nicht kappen. Jetzt nicht mehr.« Erneut nahm sie gegenüber von Anna Platz.

»Und nun? Was sind Eure nächsten Schritte? Wobei kann ich Euch helfen?«

Die Freifrau nickte Anna zu. »Haltet Euch bereit, es wird in Kürze so weit sein und alle müssen gewappnet sein und den Aufgaben folgen, für die sie vorgesehen sind. Habt Ihr Eure Aufgaben verstanden?«

Anna senkte den Blick und rieb sich erste Tränen von der Wange. »Ja«, flüsterte sie und stand auf.

»Nehmt es nicht so schwer, Kind. Alles im Leben hat seine Stund, auch der Abschied. Hier,« sie reichte Anna einen Lederbeutel, »gebt ihn meinem Kind und habt ein Auge auf sie.«

Beinah wären die letzten Worte im plötzlich einsetzenden Trubel untergegangen. Lautes Poltern an den Haupttoren erklang und wütendes Rufen zerriss die Stille des frühen Morgens. »Öffnet«, schrie es von unten. »Öffnet im Namen des Grafen zur Lippe.«

Eilig trat Radulf zur Tür herein und blickte zu den beiden Frauen, die sich schon aufgerichtet hatten und sich zum Abschied umarmten.

»Es beginnt, Anna. Freifrau von Grimm«, grüßte er die Witwe des Freiherrn und verbeugte sich kurz. »Wir müssen gehen, Anna. Noch ist Zeit, der Graf zur Lippe hat hier keine Rechte und die Tore halten stand, so gab man mir bekannt.«

»Dann lass uns gehen, Radulf, Frau und Kind werden deiner erwarten.« Langsam schritt sie zur Tür und drehte sich ein letztes Mal zu Edda von Grimm um. »Gute Reise und möge Gottes Hand Euch und Eure Begleiter sicher in die Ferne führen.«

Radulf hielt Anna die Tür auf, und nachdem beide auf den Gang getreten waren, zog er sie mit einem kräftigen Zug ins Schloss. Vorbei. So Gott will.

*

Radulf rannte ihr voraus zu den Gäste-Gemächern, klopfte an der äußeren Tür kurz an und nutzte dafür den zuvor abgesprochenen Rhythmus. Hinter der Tür hörte man Schritte und das Klicken des Schlosses und schon stand Greta vor ihnen und ließ sie rein.

»Es ist so weit?«, fragte sie und rieb unruhig an ihren Handballen. »Entschuldigt, ich muss meine Hände noch reinigen. Juliette hat mir einige Mixturen gezeigt, die mir noch fremd waren.« Sie lächelte Anna schüchtern an.

»Ja, es ist so weit. Bereite alles vor.«

»Die Geschwister, sind sie schon in Sicherheit?«

»Die Gehilfen haben sie schon zum Kahn gebracht. Die Kleinen ruhen, die Großen geben acht.«

»Und Frau Mutter?«

»Alles ist gut. Sie gab mir etwas für dich.« Anna reichte der jungen Freiin von Grimm den Beutel. »Versteck ihn. Wenn alles vorbei ist, dann kannst du ihn in Ruhe sichten.«

Dankbar griff Greta zu dem Beutel und schob ihn in eine der vielen Taschen, die an ihren Unterröcken festgenäht waren.

»Nun geh. Die Häscher stehen schon vor den Toren. Sicher wird ein Diener ihnen alsbald nachgeben und die Türe öffnen.«

Greta nickte und rannte nach hinten in die letzte Kammer. Anna winkte Radulf vorbei und ließ ihn zu seiner Liebsten und seinem Kind. Da kam auch schon Juliette auf sie zu und nahm sie in den Arm. Juliette, die für Anna immer wie eine Mutter gewesen war. Fest drückte sie sie, trat dann einen Schritt zurück und bewunderte das hübsche Gewand, das Juliette trug.

Juliette sah an sich hinunter und schmunzelte. »Eine Gabe der Herrin hier. Ich muss meine Aufgaben ja in ordentlichem Gewand verrichten, nicht in zerrissenem Unterkleid.«

»Wurdest du schon in deine Aufgaben eingewiesen?«

»Ja.«

»So geh, du wirst gebraucht.« Anna zeigte zu der hinteren Kammer, drückte Juliette noch einmal, wandte sich dann wieder zu der Tür im vorderen Raum, während Juliette im letzten Zimmer verschwand.

Radulf legte ihr die Hand auf die Schulter und sah sie an. Anna nickte ihm zu, holte tief Luft, machte sich gerade, öffnete die Tür zur Zimmerflucht und trat auf den Kreuzgang, Radulf einen Schritt hinter sich.

Unter lautem Getöse lief der Amtmann Budde mit seinen Schergen auf sie zu und stoppte nur kurz vor Anna. Die hob die Hand. »Halt! Was ist Euer Begehr, Budde?«

»Ich bin auf der Suche nach der Freifrau von Grimm. Man hat mir zugetragen, dass sie Gesindel Unterschlupf gewährt.«

»Gesindel? Was meint Ihr, Budde?«

»Das Hexenweib soll innerhalb dieser Mauern weilen, wertes Fräulein Callendorp. Doch das soll Euer Interesse nicht sein. Führt mich zur Freifrau.«

»Oh! Das Hexenweib? Welch ein Hexenweib? Ist Euch eines entwischt?« Anna zwang sich dazu, die Mundwinkel nicht hochzuziehen, denn allein der Anblick des runden, verschwitzten Budde, wie er da so Zustimmung heischend vor ihr stand, wollte sie auflachen lassen. Tief atmete sie ein und winkte ihn zu sich.

»So kommt, Budde. Ich führe Euch zu der Gnädigen.« Und schon eilte sie dem Amtmann voraus und der sowie seine Männer keuchten hinterher. Vor den Türen zu den Familiengemächern derer von Grimm blieb sie stehen und klopfte. »Frau von Grimm? Der Amtmann Budde ist hier und verlangt Euer Gehör.«

Stille auf der anderen Seite der Tür war das einzige, was zu hören war. Anna klopfte erneut, doch nichts geschah.

Budde wurde es zu bunt, er schob Anna zur Seite und trat selbst an die Tür und schlug mit aller Kraft an die alte Holztür, doch auch ihm war kein Erfolg beschieden, denn keiner öffnete ihm.

»Ihr seid auf Geheiß des Grafen zur Lippe hier, Budde?«

Der Amtmann nickte erbost.

»So habt Ihr hier keine Macht, das ist Euch wohl bekannt?«

»Die Freifrau von Grimm wurde vom Grafen zur Lippe in den Adelsstand gesetzt, so sie auch ihm zugehört.« Budde schüttelte wild den Kopf.

»Ihr seid hier auf Gebiet der Domäne Möllenbeck. Sie untersteht der Regentin von Hessen-Cassel, der Erbgräfin von Brandenburg.« Anna wurde lauter, doch der Amtmann ließ sich nicht beirren.

»So werdet Ihr mir Eure Räume zeigen, wertes Fräulein. Denn Ihr seid dem Grafen zur Lippe untertan, daran führet nichts vorbei«, keifte Budde. »Und das Hexenweib war Eurem Haushalt zugehörig.« Er fixierte Anna aus Augen, die er zu Schlitzen zusammengezogen hatte, um seine Macht zu demonstrieren.

»Ach, d a s Hexenweib, das meinet Ihr, Budde. So sah ich sie schon länger nicht mehr, seit Ihr sie der Gräfin zur Lippe aus dem Varenholzer Haushalt entfernet hattet.«

Budde starrte sie weiterhin an und sagte nichts.

»So darf ich Euch nun aus dem Hause begleiten, werter Amtmann? Wie Ihr saht, ist die Freifrau außer Haus und kann Euren Wünschen nicht entsprechen.«

»Nun«, erwiderte Budde spitz und rollte das Pergament aus, das er aus der Seite seines Hosenbundes hervorgezogen hatte.

»So will ich Euch meines Grafen Weisung verlesen,

denn ich bin bei ihm ob des Wunsches gewesen,

Euch aufzusuchen in Eurem jetzgen Rund,
egal ob ihr zustimmt, gab er mir kund.

Ihr seid des Grafen Untertan,
müsst ihm folgen, ob damals oder fortan.

Nun zeigt mir Eure Ruhestatt
und all die Euren, die ihr dort habt.

Auf, auf, holdes Fräulein sein,
Geht mir voraus, zeigt alle Kämmerlein.«

Budde räusperte sich und winkte seinen Schergen zu, die Anna in ihre Mitte nahmen und sie bis zu der Zimmerflucht geleiteten. Radulf folgte ihnen in einigem Abstand, einen

Schritt hinter Budde, aufmerksam die Umgebung beobachtend.

Alles schien ruhig, nur im Hintergrund hörte man ein leises Plätschern aus Richtung des Weserarmes, der direkt am Klostergebäude langführte. Sicher die Tiere der Siedler, die sich zu der frühen Stunde im Wasser erfrischten.

»Lasset uns ein«, befahl der Amtmann in Richtung Anna und wies auf die verschlossene Tür und so trat sie vor, klopfte und rief.

»Greta, bitte öffne und gewähr dem Amtmann Budde Einlass.«

Es dauerte nur Sekunden, bis es auf der anderen Seite der Tür raschelte und der Zugang sich öffnete. Die junge Freiin trat zurück und nickte Budde und seinen Mannen zu. Ihre schwarze Trauerkleidung ließ ihre helle Haut ätherisch wirken, unnahbar, und betonte das goldblonde Haar und die meerblauen Augen. Das Erbe ihres nordischen Vaters.

Den Moment des Erstaunens bei Budde nutzte Anna und drängte sich an ihm vorbei, um zuerst in den vorderen Raum zu treten. »So kommt, Budde, hinter mir her, denn, wenn Ihr hier direkt reinstürmet, da erschreckt Ihr meine Gefolgschaft.«

Budde schluckte und wies seine Leute an, vor der Zimmerflucht Wache zu stehen, sodann folgte er Anna und Radulf, der ebenso schon ins Zimmer getreten war. Neugierig ließ er seine Blicke schweifen, trat durch den Vorraum und den Zwischenraum bis in die hintere Schlafstätte. Ebenso von adligem Geblüt wie das Fräulein von Grimm ließ ihn die Ausstattung der Klosterräumlichkeiten, die die Familie vorgenommen hatte, kaum in Wallung bringen. Einzig den möglichen Verstecken galt sein Blick. Den Verstecken für ein Hexenweib, denn dass es irgendwo in Reichweite war, dessen war er sich gewiss. So musste es einfach sein. Wo, wenn nicht hier, bei der Callendorp, ihrem Ziehkind, würde die Hexe Schutz suchen?

Sosehr er auch in jeden Winkel trat, jedes Tuch wendete, unter jedem Möbelstück suchte, statt Juliette zu erblicken, fand er nur eines: ein schreiendes winziges Geschöpf, das durch sein barsches Auftreten und seine laute Art aus der wohligen Nähe zu seiner Mutter Brust gerissen wurde und erschreckt das Gesichtchen verzog, um aus dem kleinen Mund wütende Klagelaute auszustoßen.

Budde ging nur kurz durch den Raum, drehte sich direkt wieder um und nickte Anna zu. Verzweifelt versuchte er, nicht in Andreas Richtung zu blicken. Mit solch Weiberkram wollte er sich nicht beschäftigen, das ekelte ihn. Die Hexe schien nicht hier zu sein.

Da erklang von draußen ein lauter Schuss, der sich aus Richtung Elfenborn durch das Tal bis nach Möllenbeck zog. Endlich – seine Leute hatten etwas gefunden. Budde stürmte so schnell sein beleibter Körper ihm dies erlaubte aus der Zimmerflucht zu seinen Schergen und rief beim Vorbeieilen Greta von Grimm zu, sie möge der Mutter sein Kommen berichten. Er käme wieder, die Freifrau zu befragen. Und schon war er raus, den Kreuzgang Richtung Haupttor entlang und außerhalb der Sichtweite der Bewohner.

Da erscholl erneut ein Schuss und lautes Geheul zerriss die Morgenruhe.

*

2020
Mai

Nicht schon wieder. Warum stürzte sie immer bei diesen dämlichen Quellen in Elfenborn? Sie sollte es doch wissen, dass es hier rutschig war und Steine im Weg lagen, die man nicht immer gleich erkennen konnte. Langsam öffnete sie die Augen und schaute direkt in die warme bernsteinfarbene Iris vor sich. Das kannte sie doch schon. Vulkan.

»Susa! Hörst du mich?« Thomas kniete sich neben Susanna, setzte sich und legte ihren Kopf auf seinen Schoß. »Susa?« Er streichelte ihr über das Haar. Vulkan blickte sein Herrchen an und dann zurück zu Susanna – und schleckte ihr über das Gesicht.

»Was ist denn? Lass das, Vulkan. Das ist doch widerlich.«

»Susa!« Thomas japste nach Luft. »Ach, Susa! Was machst du immer nur für Sachen.«

Wenn du wüsstest, dachte sie nur und grinste gequält. »Ja, hast ja recht. An die versteckten Quellen hab ich nicht gedacht.« Sie rieb sich den Schmutz von den Schienbeinen und massierte sich die Fußgelenke. »Fallender

Luftdruck, nicht wahr?« Sie schüttelte langsam den Kopf. »Ich werde es bestimmt noch lernen.«

»Ja, macht Sinn. So als Frau eines Försters. Wenn man da öfter mal durch den Wald stromert.«

»Ach, als Frau eines Försters, schau an. Hab ich da ein paar Szenen verpasst?« Susanna betrachtete ihre unberingten Finger, hielt ihm die linke Hand hin und pikte ihrem Liebsten die rechte in die Seite.

»Au, ist ja gut. Du hast ja recht. Heute Abend, okay? Ich hab verloren und geb einen aus. Einverstanden?«

»Jo. Wo denn?«

»In der Pinte in Costedt. Bei Tante Inge gibt es heute Testessen. Der neue Koch will sich vorstellen. Nur für die Familie.«

»Tante Inge? Auf dem Flugplatz? Neuer Koch? Ich versteh kein Wort. Wie kann das denn sein?«

»Na, sie verkauft doch. Will sich mehr um ihre Tochter und die Enkel kümmern. Ich habe es dir nicht sagen wollen. Sollte eine Überraschung sein.« Thomas stockte. »Wusstest du eigentlich, dass der Mann von Sabine mit den

Schmidts aus Langenholzhausen verwandt ist, die von der alten Schmiede aus dem 17. Jahrhundert?«

Susanna riss die Augen auf. »Wie? Nein! Wie heißt der denn mit Nachnamen?«

»Baier, glaube ich. Ich weiß das auch nur, weil Tante Inge mir von ihrer besonderen Beziehung zu ihrem Enkel erzählt hat. Sie ist so stolz auf ihn. Der ist wohl von Beruf psychologischer Psychotherapeut und hat es richtig raus, versteckte und unterdrückte Traumata zu behandeln.«

Susanna nickte. Baier, dachte sie und hielt kurz inne. Andrea hat überlebt. Das Kind des Bayern, es hatte überlebt. Andreas und Radulfs Tochter. Juliette konnte noch frühzeitig bei der Geburt eingreifen. Wunderbar. Ein Lächeln überzog ihr Gesicht.

»Apropos besonders …«, holte Thomas sie aus ihren Gedanken. »Da du da gerade so besonders und hingebungsvoll lächelnd vor mir liegst …« Er strich Susanna mit einem Finger über die Lippen. »Das Essen heute Abend ist mein Einsatz, weil ich den Wettlauf verloren habe.« Thomas stand auf und reichte Susanna die Hand, um sie hochzuziehen.

»Nee, nee. Hingebungsvoll«, murmelte sie und runzelte die Stirn. Das eben Gehörte war doch einfach zu schräg. Was war nur wieder passiert? Nicht nur dieser Verkauf und die Aufgabe der Kneipe zu diesen Zeiten verwirrte sie, nein, Tante Inge wiederzusehen, das war unglaublich. Schon wieder hatte sich etwas im Verlauf der Geschichte verändert. Was war wohl dieses Mal der Grund? Das Kind? Susanna seufzte. »Ich komm schon allein hoch.«

»Nun sei doch nicht so. Du hast Schmerzen, das sehe ich doch.«

Sie zuckte mit den Schultern, ergriff Thomas' Hand und richtete sich mit seiner Hilfe auf.

»Na siehst du, geht doch. War doch gar nicht so schlimm.« Thomas zögerte plötzlich und ließ seinen Blick über den schlammigen Boden schweifen. Seltsam, dachte er, sieht aus wie Wolfsspuren, doch dann schüttelte er nur innerlich den Kopf. Blödsinn, wird wohl Vulkan gewesen sein. Und schon war der Gedanke wieder verschwunden. Sein Blick ruhte wieder auf Susanna.

»Was jetzt?«

»Na, sich mal helfen lassen und Schwäche eingestehen.« Und damit zog er sie in seine Arme, drückte sie kurz und gab ihr endlich den Kuss, den er bei der ganzen Frotzelei unterdrückt hatte. Bewacht von Vulkan. Nicht, dass schon wieder irgendwo eine Quelle meinte, ihre kleinen Fontänen aus dem Boden schießen lassen zu müssen.

*

1670

Anna riss die Augen auf und schlug sich die Hand vor den Mund. Schüsse – aus Richtung Elfenborn? O nein, Herr, lass Susanna die Jagd überstehen. Lass sie gesund und munter dem Mob entflohen sein.

Die Tür zum Zwischenraum krachte zu und Radulf trat zu Anna und schaute mit ihr aus dem Fenster mit der Aussicht nach Südwesten. Er legte der jungen Frau seine Hand auf die Schulter und ließ sie sanft dort liegen. »Mag der Wolf nicht getroffen sein. So ein gutes Tier. Ohne ihn hätten wir unseren Plan nicht erfüllen können«, flüsterte er gedankenverloren vor sich hin und schüttelte dann den Kopf. »Schon ungewöhnlich. Als wäre das Tier aus eigenem Antrieb dort von seinem Weg abgekommen.«

»Alles im Leben hat einen Sinn, Radulf, so sicher auch der Wolf, der zur rechten Zeit am rechten Ort erschien.« Anna kaute auf ihrer Unterlippe und starrte in Richtung des Waldes. Sie konnte nichts machen, sie musste die Verantwortung aus den Händen geben.

Schwungvoll drehte sie sich um und bat Radulf mit in die Zimmerflucht. »Komm, wir müssen sehen, dass wir nach Hause kommen. Weg von hier, dem leeren Kloster der Regentin von Hessen-Cassel entfliehen. Zurück in die Heimat. Unsere Aufgabe hier ist erfüllt.«

Radulf nickte. »Ich gehe und hole Fritz, damit wir die Stämme abliefern können. Lasst uns hernach gemeinsam mit dem Karren nach Calldorp zurück.« Und schon war er Richtung Außenmauern und Werkstoffhort der Domäne abgerauscht und Anna ging weiter in die Kammer, um ihre Sachen zu packen und mit ihren Freunden, den alten und dem neuen Erdenbürger, ja, mit ihrer Familie aufzubrechen. Diesem unwirklichen Ort zu entfliehen. Tief holte sie Luft, wischte mit der Hand über die tränenüberströmten Wangen. Ob alle Freunde ihr Obdach fanden, sie eine Zukunft hatten? Anna wusste es nicht, doch sie war voller Vertrauen. Vertrauen in das Licht – am Ende des Tunnels.

*

Leise plätscherte der Kahn die Weser hinab, auf seinem Weg nach Bremen. Am Flecken Vlotho war er schon vorbei und befuhr den großen Bogen kurz vor der Schneise, die einen Gebirgszug in zwei Bereiche durchschnitt. Der Schiffer war zufrieden, hatte er doch Ware geladen, wie auch immer er sie nennen wollte. Er rieb sich die Hände. Hochwertige Ware, die ihm viel einbrachte, so mochte er es. Er lauschte und hörte das leise Flüstern und Kichern aus vielerlei Mündern. Lebende Fracht, das hatte was, darum war sein Nachsinnen nur kurz, als ihn die Freifrau von Grimm um diesen Dienst gebeten hatte. Sie wusste, wie oft es ihm Freude bereitet hatte, den Kontrollpunkten der Regentin in Rinteln auszuweichen und die Varenholzer und die Zunft der Weserschiffer in Vlotho weggeschaut hatten, als sein Kahn vorüberglitt. Somit war sein Schiff das richtige, um diese besondere Fracht zu transportieren.

Am Seitenarm der Weser hatte er gewartet, als wie aus dem Nichts drei Handvoll Leute, mehr kleine als große, aus dem Schatten des alten Klosters gestürmt kamen, ihm und seinem Gehilfen die Taschen und Koffer zureichten und über die Planke auf das Boot kletterten. Die Aufsicht scheuchte die Kleinen direkt in die Laderäume und gebot ihnen, Ruhe zu halten. Wie es ihr gelang, war ihm nicht ganz klar. Die Kinder hingen an ihren Lippen, tranken den mitgeführten Tee und waren still. Still genug, um die gefährlichsten Punkte auf der Weser zu passieren.

Freifrau von Grimm war als letzte vom Ufer herübergestiegen und hatte ihn um sofortiges Ablegen gebeten. Kurz vorm Schloss in Varenholz hörte er Schüsse in der Ferne und bei seinem Blick zur Freifrau hob die nur die Schultern und lächelte ihn an.

»Eure Heimstatt war das Kloster, gehe ich recht, Eure Hochwohlgeboren?«

»Ja, so war es.«

»Ich sah Euch aus dem Schatten hervor-springen, nicht aus den Toren«, bohrte der Schiffer weiter nach und zeigte keine Scheu bei einem Gespräch mit der Adligen. Warum sollte er auch, befand er, war er doch für das Wohl und das besondere Hab und Gut, das Geschmeide, die neuen Leckereien und die Köstlichkeiten zuständig, die er allesamt von den Weltmeeren über die Weser zu den Adligen brachte und so deren Wünsche zu erfüllen suchte. Was ihm wohl gelang, denn um Aufträge war er nie verlegen.

Edda von Grimm senkte den Kopf und schloss kurz die Augen, bevor sie in eine der Taschen ihres Gewandes griff und ein Pergament herauszog, das sie dem Schiffer reichte. »Hier. Das ist der Plan, den ich versprach. Das Kloster wird für länger nicht bewacht sein.«

»Und ich finde darauf die Wege, die mich in die geheimen Kammern führen?« Unbewusst rieb er sich erneut die Hände.

»Der Ort, an dem wir deinen Kahn erreichten, dort war der Ausgang eines der geheimen Tunnel, die aus dem Kloster hinausführen. So solltest du deine Waren an sicheren Orten horten können. Ach«, unterbrach sich die Freifrau und kramte erneut in ihrem Gewand, wühlte herum und griff nach einem Schlüssel in der Tasche, den sie dem Schiffer reichte. »Hiermit ist das Tor verschlossen. Der Sold für die Fahrt meiner Familie mit deinem Kahn, wie ich es versprach.«

Er wollte sich erneut die Hände reiben, riss sie aber auseinander und rieb sie an seinen Hosenbeinen ab. Umso mehr glitzerte es in seinen Augen. Er rollte das Pergament auseinander und verfolgte die Wege mit dem Finger. Ein guter Handel, den er da gemacht hatte. Sicher. Er freute sich schon darauf, die Familie derer von Grimm in Brake dem Kapitän des Hochseeschiffs zu übergeben, seine bestellten Waren dort zu laden und wieder heimwärts zu eilen. Voll der Neugier, was ihn wohl in den Gängen des riesigen Klostergebäudes erwarten würde. Schnell schob er Plan und Schlüssel in seinen Lederbeutel, der geschützt an seinem Körper hing und tappte die schwankenden Bohlen entlang zu seinem Gehilfen, um ihn am Steuer abzulösen. »Dann wollen wir eilen, Freifrau von Grimm, damit Ihr in Kürze Eure Schiffspassage antreten könnt.«

Es folgte ein lautes Seufzen und er sah im Umdrehen nur noch, wie die Freifrau sich an ihrem Platz bequem hinhockte und die Hände faltete. Das leise »Möge der Herr uns und unserer Reise wohlgesonnen sein und uns schützen« hörte er schon nicht mehr.

*

Edda warf einen letzten Blick in die Kammer und schloss sanft die Kajütentür. Das Bild würde sich für immer in ihrem Herzen einbrennen: ihre Kinder auf dem Boden vor ihrem Kindermädchen in dem einzigen Sessel in dem Raum. Sie saßen im Halbkreis um sie herum und folgten, aufmerksam und gespannt, was Jette ihnen erzählte. Gottes Wort, zusammengeklappt in Jettes Schoß, konkurrierte mit den schwarzgoldenen Farben der Buchdeckel und den glitzernden Fasern ihres Kleides. Die Hände zierten passende Handschuhe in ebensolchem Schwarz. Das gedruckte Wort brauchte sie wohl nicht, um den Kleinen viele neue Geschichten zu erzählen. Geschichten von einem fernen Land und vielen unbekannten Möglichkeiten. Ja, dieses Kindermädchen war die richtige Entscheidung.

Enno wäre stolz auf sie und er würde ihr zustimmen: Jette war das Risiko wert und für Edda die Hilfe, die ihr gefehlt hatte. Und wenn sie ihre Älteste auch schmerzlich vermissen würde: Greta war glücklich. In der Heimat, die sie für sich und ihre Kinder gewünscht hatte und mit dem Gemahl, der für sie auserwählt war. Von einer höheren Macht und nicht von irgendwelchen Regenten, die mit ihren Untergebenen spielten und sie wie Schachfiguren auf einem Brett hin- und herschoben. Nun gut. Leinen los! Einer neuen Heimat, einem neuen Leben entgegen.

Epilog

Inge!«

Sie schrak auf, als sich Eugens Hand von der Beifahrerseite auf ihre Schulter legte.

»Du kannst das, Inge. Du hast es bis hierhin geschafft, du schaffst es auch bis hoch zum Kamp. Und dann wird es dich loslassen, das, was dich bedrückt. Du kannst das!«

Inge hob den Kopf, holte tief Luft und pustete sie laut aus. Sie nickte, drückte das Kupplungspedal, startete den Motor, legte den Gang ein, löste die Handbremse, ließ die Kupplung kommen und fuhr los. Den Berg hinauf, zum Licht, dem neuen Leben entgegen.

***

[1] Zitat aus Zürcher Bibel, Genesis: 1. Mose 9, ab Vers 12
[2] Zitat aus Zürcher Bibel, Hebräer 10, Vers 24
[3] Zitat aus Zürcher Bibel, Johannes 3, Vers 20,21
[4] Zitat aus Zürcher Bibel, Esra 8, Vers 22
[5] Zitat aus Zürcher Bibel, Exodus: 2. Mose 22, Vers 17
[6] Zitat aus Lutherbibel, Prediger 3, Vers 1
[7] Zitat aus Zürcher Bibel, Johannes 16, Vers 21

Geschichten, die von der Geschichte erzählen

Meine Geschichten streifen die Geschichte von Kalldorf und den Dörfern und Städten drum herum im 17. Jahrhundert nach dem Dreißigjährigen Krieg. Die Figuren, die dort für mich herumwirbeln, die gab es in der Realität nicht, ich lasse sie durch Geschichten wandeln, die ich mir ausgedacht habe.

Aber so einiges gab es damals wirklich. Sei es die Universität, die Alma Ernestina in Rinteln mit ihrer Mediziner-, Theologie- und auch Juristenausbildung oder ihre Verbindung zu der Hexenverfolgung mit seinem Zentrum in Lemgo, die zu der Zeit ihren Höhepunkt gefunden hatte.

Und wer hätte es gedacht: Genau vor 400 Jahren – im Juli des Jahres 1621 – wurde die Universität in Rinteln eingeweiht. Wie passend. War mir gar nicht bewusst, dass hier so ein Jubiläum meine Geschichte für mich verschönert.

Und sonst so? Natürlich gab es auch die Weserschiffer, die mit Treideln unter Mithilfe schwer arbeitender Hilfskräfte die Lastenkäh-

ne an Seilen weseraufwärts schleppen mussten.

Und es gab auch das Kloster Möllenbeck
und das wunderbare Schloss Varenholz – zu
damaligen Zeiten häufig besucht von einer der
Gräfinnen zur Lippe. Doch die Amalie bei mir
– die war es nicht.

Wie schade, dass die Freiherren von Callendorp in dem Jahrhundert ihr Gut in Nie-
dern-Calldorp und all ihre Ländereien und
weiteren Gehöfte schon vor langer Zeit verkauft hatten. Das Rittergeschlecht war schon
im 15. Jahrhundert ausgestorben, doch wenigstens eine mir ans Herz gewachsene Tochter – von einem ebenso nicht real existierenden
Vater – wollte ich in mein Jahrhundert, das 17.,
hinüberretten.

Die Gräfin Hedwig Sophie von Brandenburg war eine echte Landgräfin, die in der
Zeit, die ich in der Vergangenheit beschreibe,
regierte. Ob sie mal einer Edda von Grimm
begegnet ist und ihr den Status als Erbgräfin
genommen hatte? Wohl kaum. Alles erfunden.
Genauso wie der Tunnel, der in die Freiheit
führte. Der im Klostergebäude ist ausgedacht,

ich konnte ihn jedenfalls nirgendwo entdecken.

Eine reale Figur, die ich am Rande erwähne, ist der Hexenbürgermeister aus Lemgo, Hermann Cothmann, der in der Zeit nicht nur als Bürgermeister, sondern insbesondere als Hexenjäger bekannt war und während seiner Zeit als Richter des Blutgerichts (des Strafprozesses gegen Unholde und Hexen) für viele Todesurteile verantwortlich zeichnete. Sein Onkel Hermann Goehausen war ein bekannter Juraprofessor an der Universität Rinteln, der 1630 eine Schrift mit dem Titel »Rechtlicher Prozess: wie man gegen Unholde und zauberische Personen verfahren sollte« herausbrachte. Klar, den Titel habe ich ins Hochdeutsche übertragen.

Wer hätte es gedacht, dass die Bewegung des Leichnams der Reuterschen einen realen Hintergrund hat. Tote Menschen bewegen sich noch Monate nach dem Tod ein wenig, sodass eine Leiche in einem Sarg in ihrem Grab auch dort noch die Position verändern kann. Schräg, oder?

Die Verbindung zur heutigen Zeit, die Leiden der Kriegskinder und auch der Kriegsenkel, entdeckte ich schon vor längerer Zeit. Es schmerzt mich sehr, dass so viele aus dieser Generation ihr Leid still ertrugen. Das, was sie gesehen haben, das, was ihnen angetan wurde, mit niemanden teilen wollten, nicht darüber sprachen, keine Hilfe einforderten. Und als Konsequenz die Kinder der Kinder diese Stille, das Verstummen beim Sprechen über die Probleme und Sorgen der Vergangenheit nie verstanden. Nicht verstehen konnten.

Für manchen hätte ich mir gewünscht, dass er sich fachliche Hilfe gesucht hätte, dass Gespräche die Knoten gelöst, die Bedenken aufgeweicht, die Ängste zerstreut, die Ursachen gefunden hätten. Ein paar kleine Änderungen in der Vergangenheit hätten so viele große Änderungen für die Zukunft ermöglichen können. Vielleicht auch für die, die sonst für immer verstummt wären.

Auch dieses Mal ein Dankeschön, oder zwei, oder drei ...

Schon wieder hat es ein ganzes Jahr gedauert, bis die Geschichte endlich den letzten Schliff bekam und ich sie in die Welt schicken konnte. Das lag nicht nur an der umfangreichen Recherche, die mich auch während der reinen Schreibphase immer wieder ausbremste. Nein, das lag auch an all den alltäglichen Kleinigkeiten, die sich vor einem auftürmen können und ganz fiese Zeitfresser sind. Da ich als Schriftsteller kein Planer, sondern ein Bauchschreiber bin, der seine Geschichte in groben Zügen im Kopf hat und sich die einzelnen Szenen von seinen Figuren erzählen lässt und sie dann aufschreibt, nervt es sehr, wenn mich dann wieder mal ein Behördenschreiben oder die Einkommensteuererklärung oder all so ein Kram aus dem Schreibprozess reißt. Doch das ist nun passé, das Buch ist fertig, bereit, sich der Kritik, ob konstruktiv oder destruktiv, zu stellen.

Geholfen haben mir in diesen schweißtreibenden Monaten der Schaffensphase Diana und Katja und Sam. Ihre Motivation hat mich dazu gebracht, nicht aufzugeben, egal welch blöde Dinge auch passiert sein mögen. Die drei pikten mich unermüdlich mit ihren unsichtbaren Stacheln – und es half. Und noch eine Katja hat mich erfrischt aufatmen lassen. Wenn es auch nur mit einem kühlenden Gerstentee war. Ja, auch mich hat während der Schreibphase elendige acht Wochen lang die Qual so mancher Frau zwischen Hitzewallungen und Hormonchaos volle Kanne erwischt.

Danke, ihr Lieben. Was für ein wunderschöner Zufall, dass ich euch kennengelernt habe. Oder war es Schicksal? Ja!

In meinen Texten rumgewirbelt und genau geguckt, wo ich mal wieder die falschen Abzweigungen gewählt und vom Pfad abgekommen bin, das haben meine treuen und meine neuen Betaleser. Für eure guten Augen, die Weitsicht und den richtigen Blick fürs Wesentliche danke ich Katja, Klara und Susanne.

Tja, noch jemanden vergessen? Aber natürlich! Was wäre ein gutes Manuskript ohne einen Lektor, der es zu einem besseren, sogar zum besten Manuskript macht. Dafür schicke ich meiner liebsten Lektorin Ela Marwich ein riesengroßes Dankeschön in ihre Schreibstube rüber. Und ja, okay, die Rechnung ist schon überwiesen. Direkt erledigt, wie es sich gehört.

Und? Mal überlegen … Ja! Zum ersten Mal habe ich auf eine Abschlusslesung zum Testen gesetzt. Viele Augen sehen mehr als meine schwächelnden allein. Danke, Alex, dass du mich unterstützt hast. Das war das i-Tüpfelchen, das noch gefehlt hatte.

Hmm? Huch, genau, nun folgen sie, die einzigen, die wahren, die, ohne die gar nichts liefe. Danke, Mann und Sohn. Danke, dass ihr meine ewigen Szenenabläufe und wieder und wieder ihre Korrekturen mit stoischer Ruhe ertragen habt. Oder hattet ihr auf Durchzug gestellt? Nein, kann nicht sein. Alles wurde richtig rund, nachdem unsere Tischgespräche in die Tiefen der Geschichte eingetaucht waren und jeder sein bisschen Senf vom Teller dazugeben konnte. Danke, euch gilt meine ganze Liebe.

Im Anhang noch ganz viele Wörter und Worte, die nicht jeder kennt und auch nicht kennen kann und die – wie ich voller Erstaunen nachgeblättert habe –, sofern sie in den Rückblicken genannt wurden, sogar im 17.

Jahrhundert gang und gäbe waren. Ja, bin gerade im Barock gefangen – Wort für Wort.

Und somit schließe ich mit einem Tschüss, ihr Lieben, die Hitze bemächtigt sich meiner und mir ist der Kopf so schwer, ich bin dem ganzen gram, will ich doch schreiben immer mehr, oder so.

Glossar

Lippisch Platt und
uralte oder seltsame Wörter

abelig	– unwohl, übel
Alma Mater	– bildungssprachliche Bezeichnung: Universität
Amen	– So sei es
Anger	– Grasplatz als Treffpunkt in einem Dorf
Aule, de	– der/die Alte
ausgleiten	– ausrutschen
baff sein	– erstaunt, verblüfft (Lautmalerei eines Schusses)
bang sein	– Angst haben
Besagung	– der Hexerei zu bezichtigen; denunzieren
Blag	– freches Kind
blümerant	– schwindelig, unwohl fühlen
Bollchen	– Bonbons
Braken	– Zweige

Bremse	– blutsaugende Viehfliege, Stechfliege
Buer	– Bauer
Büttel	– Häscher, Ordnungshüter
Bukke	– Weserbock, Lastkahn, Frachtkahn
büschen	– bisschen
Butze	– kleines Zimmer
Butzen	– kreisrundes Blüteninneres eines Wappens als Draufsicht
därbe	– stark, extrem, sehr
Deele	– größter Raum/Flur hinter dem Eingang
Deputierte	– Abgeordnete (hier: beim peinlichen Gericht)
Domäne	– staatlich genutzte Landwirtschaft
Drangsal	– qualvolles Leiden
eh	– sowieso
einheimsen	– eifrig an sich nehmen, einbringen
Elfenborn	– Austritt von elf Quellen im Kalletaler Ortsteil Stemmen
enge	– beengt

Erdmiete	– Vorratsgrube für Gemüse und Kartoffeln im Freien
etepetete	– zurückhaltend, abwägend sein
Feldtheim	– Veltheim, Ortsteil von Porta Westfalica
fesch	– schick, elegant, attraktiv (von fashionable)
fetzen	– sehr schnell laufen
Fieberklee	– Bitterklee
Flecken	– kleine Stadt mit eingeschränkten Rechten
flugs	– wie im Flug, schleunigst
Freiin	– Fräulein; Tochter einer Freifrau, eines Freiherrn
Freisamkraut	– Stiefmütterchen
fret	– isst
fürwahr	– in der Tat
Futtchen	– unordentliche Frau
Genever	– Wacholderschnaps (Gin)
halt	– eben, nun mal
he	– er
heimsen	– heimbringen, an sich nehmen
hibbelig	– nervös, unruhig
hinklatschen	– stürzen, hinfallen

Hort	– Ort, Schutz, Stätte
Huck	– über Jahrhunderte bekannte Fährfamilie
Huckel	– Hügel, Erhebung auf einer Straße/Weg
huckelig	– uneben
Hugenotten	– evangelisch-reformierte Religionsgemeinschaft; französische Protestanten
Kabuff	– kleine Kammer, Abstellraum
kappen	– durchhauen, durchschneiden (Seemannssprache)
Klacks	– Kleinigkeit
Kläschen	– Lemgoer Weihnachtsmarkt von Donnerstag bis Sonntag am ersten Dezemberwochenende
Klöntür	– zweigeteilte Außentür, oben einzeln zu öffnen
Klotschen	– Holzschuhe
klüngeln	– sehr langsam sein, trödeln
Knappe	– von Knabe; Edelknabe eines Ritters, der auch Hilfsdienste leistet
Knirps	– kleiner Junge

knöddern	– nörgeln
Knüppen	– Knoten
knüppen	– knüpfen
kodderig	– übel, unwohl sein
Kötter	– Kleinbauer
Kommisse	– Herberge und Schanklokal mit besonderen Rechten
Kommunität	– Studentenwohnheim
Kotten	– Kate; einfaches Fachwerkhaus
krakeelen	– rumschreien
krömpelig	– zerknittert
Langenholt-husen	– Langenholzhausen
Leibzucht	– Altenteil
Leichenputz	– feierliche Aufbahrung eines Leichnams
Leineweber	– historische regionale Berufsbezeichnung
Lütt, die	– die Lütte, die Kleine
lütt	– klein
lugen	– schauen, gucken, sehen (vermutlich ähnlich *to look*)
Luit, dat	– das Mädchen
maulfaul	– schweigsam

Meierhof	– Wohnsitz des Verwalters eines Gutes
Milch-schwester	– von einer Amme gestillte, leiblich nicht verwandte Kinder
muckelig	– gemütlich
Mugiyu	– japanisch; heißes Gerstenwasser, Gerstentee
Nabat	– persischer Kandiszucker mit Safran (dünne Blätter)
Napf	– kleine Schüssel
Neu-Amsterdam	– New York (seit 1664)
nix	– nichts
Obdach	– vorübergehende Unterkunft
Omen	– Vorzeichen
peinlich	– schmerzhaft (hier: beim Blutgericht, der Folter)
Pickert	– lippisches Nationalgericht; Fladen aus Kartoffeln, Ei, Hefe, Milch und Mehl; lippisch Platt: pecken = kleben
Pinte	– Gaststätte, Kneipe, Lokal; hier: Flugplatzgaststätte
pladdern	– heftig und geräuschvoll regnen

Plumpsklo	– Toilette ohne Wasserspülung, mit Grube
propper	– mollig
Pütt	– Pfütze
rammdösig	– verwirrt, überfordert
Remise	– Scheune, mit vorderem, kürzerem Dach
Rittmeister	– Offizier einer berittenen Einheit
Rose, lippische	– Wappenzeichen aus fünf roten Blütenblättern, fünf gelben Kelchblättern und gelbem Butzen
rumdölmern	– Unsinn machen
Säckel	– Geldbeutel, Staatskasse
Scharmützel	– Gefecht, kleiner Streit, Geplänkel, Treffen
Schergen	– Handlanger, Vollstrecker
schick	– elegant
Schiet	– Mist, Dreck, Scheiße
Schlapp	– Rockzipfel
schlickern	– naschen, Süßigkeiten essen
schliddern	– rutschen

schlüren	– schlendern
Siebensachen	– Hab und Gut
Siek	– Senke; feuchte Niederung
speien	– spucken, sich übergeben
Sprieß	– kleiner Splitter
stapfen	– mit schweren Schritten gehen
stracks	– sofort
Strate	– Straße
spitkern	– mit Feuer spielen
stromern	– ohne Ziel umherstreifen
Stube	– Wohnzimmer
Studiosus	– Student
tapern	– sich unbeholfen, unsicher fortbewegen
Tartuffeln	– Kartoffeln
Tod, schwarzer	– Pest
treideln	– einen Lastkahn flussaufwärts ziehen
Utlucht	– Auslucht, Standerker
verschütt gehen	– verloren gehen

wacker	– niedlich, artig
Zipperlein	– ab 16. Jahrhundert für Gebrechen, Leiden
Zossen	– Pferd

Namen –
mehr als Schall und Rauch

Amalie	– die Tüchtige, die Tapfere
Andrea(s)	– die/der Tapfere, die/der Tatkräftige
Anna	– die Begnadete (auch Johanna)
Baier	– der aus Bayern
Budde	– Fassmacher; kleiner, rundlicher Mann; von Bottich
Callendorp	– Rittergeschlecht im gesamten Tal der Kalle, Osterkalle und Westerkalle
Cothmann	– in einem Kotten lebender Mensch
Edda	– die ihr Gut schützende, der Segen
Enno	– der Schwertkämpfer
Eugen	– von guter Herkunft, wohlgeboren, der Edle
Fritz	– der mächtige Beschützer
Greta	– Kind des Lichts; die Perle
Hinrich	– der Hausherr

Jörg	– der Landarbeiter
Juliette	– dem Jupiter geweiht
Kalldorf	– Dorf an der Kalle (Bach in Lippe)
Kallen	– Herkunftsname (Kalle = freier Mann)
Klemme	– der karg Lebende (von klem: mangelnd, knapp)
Lina/Paulina	– die Liebliche, die Kleine, die Jüngere
Meier	– Verwalter (wie bei Meierhof)
Norbert	– der Strahlende
Otto	– der Besitzer, der Reiche, der Erbe
Pörtner	– der Torhüter
Radulf	– Ralf; der Ratgeber, der Wolf
Reuter	– der Bauer, der Reiter
Reutersche	– Frau Reuter
Rügge	– alter Familien-/Hofname der nordlippischen Grafschaft
Sabine	– aus dem Volk der Sabiner
Strate	– an der Straße wohnend
Susanna	– die Lilie
Thomas	– der Zwilling

Tönnies	– aus dem Geschlecht der Antonier
Westhoff	– Herkunftsname; Ortsbezeichnung eines Hofes
Wünsche	– wohnhaft an einer dem Wind ausgesetzten Stelle

Nachzulesen unter anderem auf
www.vorname.com und www.deutsche-
nachnamen.de

Berühmte Namen und Orte

Alma Ernestina	– Universität Rinteln (1619 – 1810)
Calldorp	– Dorf am Bach Kalle
Cassel	– Kassel
Cothmann, Hermann	– Hexenjäger, Bürgermeister von Lemgo
Elfenborn	– Quellgebiet von elf Quellen in Kalletal
Goehausen, Hermann	– Rechtsprofessor in Rinteln; Onkel des Cothmann
Hedwig Sophie	– Regentin von Hessen-Cassel
Hessendorp	– Hessendorf, Siedlung der Domäne Möllenbeck
Hessen-Cassel	– Landgrafschaft, Regierung der Domäne Möllenbeck, nachdem Rinteln an die Hessen fiel

Processus Juridicus	– Schrift des Hermann Goehausen
Rinteln	– Kleinstadt in Schaumburg-Lippe
Vornholte	– Ritter von Varenholz
Wiebe	– die Kämpferin
Wiebesieks-bach	– Bach am Winterberg in Kalldorf

Was heißt denn das?
Alte Sprichwörter

Augen — nicht aus den Augen
verlieren: sich um etwas
kümmern

Federlesens — nicht viel F. machen: beherzt
vorgehen; keine Zeit
verschwenden

Licht — Licht der Welt erblicken:
geboren werden; auf die
Welt kommen

mutter-
seelenallein — möglicherweise
Verballhornung von
›moi tout seul allein‹, wie
sich die Hugenotten nach
ihrer Flucht aus Frankreich
in Deutschland bezeichnet
haben sollen

Schwede, alter	– Ausruf des Erstaunens; schwedischer Offizier, Ausbilder der deutschen Protestanten im Dreißigjährigen Krieg
Senf	– seinen Senf dazugeben: ungefragt in ein Gespräch einmischen
Taler	– Taler springen lassen: Münzen auf Ladentisch werfen, um Echtheit zu prüfen
Kopf	– den Kopf verlieren: enthauptet werden

Quellen der Inspiration

*Ein Bauernschicksal aus der Zeit des Dreißig-
jährigen Krieges – Lippischer Dorfkalender
1950

*Streit um den Strom – Lippischer Dorfkalen-
der 1953

Beide entdeckt auf:

www.lippe-owl.de

*Lippe – Eine spannende Reise durch Natur
und Kultur des Lipperlandes in Bild und Text;
Burkhard Meier – Verlag Jörg Mitzkat 2004

*Dorfchronik Langenholzhausen von
Wilhelm Süvern

*Schloss Varenholz – Eine Kurzchronologie
von Burkhard Meier

*www.geschichtevlotho.de von
Günter Schölzel

*Das Wunder der Wölfe – aus tv14 – 4/2018
Seite 19ff

*Das Brot der Westfalen – Vlothoer Zeitung –
30. März 2018

*http://getreidefeld.info/nahrung-in-der-fruehen-neuzeit

*motivsuche.info zum Thema Kötter, Weber, Wanderarbeiter

*1648 – Der lange Weg zum Frieden – Fernsehsender arte

www.lippischplatt.de
www.lipperland.de
www.erlebnisgang-lippe.de

*Wanderkarte Kalletal
mediaprint Eckmann
2. Auflage 2021
*Kalletalpfad
*Weg der Blicke – Etappen 3 & 4
*Lerchenspornweg

Alle Wanderwege auf
www.wanderregion-nordlippe.de

Stöberecken für Wissensdurstige

http://eulenburg-museum.de/geschichte-rintelns/ vom 13.06.2021

http://eulenburg-museum.de/geschichte-der-eulenburg/ wie vor

https://moellenbeck-info.de/historie/ vom 28.07.2021

https://www.westliches-weserbergland.de/kloster-moellenbeck (mit 360°-Rundgängen) vom 11.08.2021

https://de.wikipedia.org/wiki/Hexenverfolgung_in_Lemgo wie vor

www.historicum.net siehe unter Cothmann, Hermann; wie vor

Verweise auf Webseiten dienen der Information, die zu dem erwähnten Datum dort zur Verfügung stand.

Lateinische Sprüche

Omnes omnia omnino excoli –
Alle alles gänzlich zu lehren.

In pivo veritas –
Im Bier liegt die Wahrheit.

Marie von Stein

RegenbogenReigen
I

Elfenborn

Ein Zeitreiseroman

ISBN
Paperback   978-3-347-15810-8
Hardcover   978-3-347-15811-5
eBook   978-3-347-15812-2

Da, wo der Regenbogen auf die Erde traf. Was war das? Ein Wolf? Drei rote Flecken. Zwerge, oder was? Du spinnst doch, murmelte Susanna vor sich hin.

1669 – Im Tal der Kalle in der Grafschaft Lippe kämpft Anna von Callendorp für mehr Toleranz und Gemeinschaft zwischen Bauern, Bürgern und Adligen. Der Neid und die Gier ihrer Gegner bedroht das Leben ihrer Schützlinge.

Wird ihre Nachfahrin Susanna Kallen die Gefahr abwenden können?

Eine Reise in die Vergangenheit. Zu Grafen und Rittergeschlechtern, stolzen Frauen und fleißigen Kindern. Und ein Ausblick in die Zukunft, in das heutige Calldorp, das man mithin Kalldorf nennt.

Marie von Stein

Der Kalletalkrimi I–III

Stolperfall
Aufbruch
Klagelaut

Die Amtsschimmelflüsterer

ISBN
Paperback   978-3-347-41646-8
Hardcover   978-3-347-41647-5
eBook   978-3-347-41648-2

Marie von Stein

Der Kalletalkrimi IV–VI

Mutterherz
Abfuhr
Luftnummer

Die Amtsschimmelflüsterer

ISBN
Paperback   978-3-347-41652-9
Hardcover   978-3-347-41653-6
eBook   978-3-347-41654-3

Die Amtsschimmelflüsterer – Sonderkommission Sozial der Polizei

Kalletal im Lippischen Bergland –
ein Rückzugsort, wenn es im benachbarten Ostwestfalen mal wieder so richtig drunter und drüber geht.

Und Badenhausen – ein fiktiver Ort. Die regionalen Besonderheiten und Sehenswürdigkeiten angelehnt an zwei idyllische Nachbarstädte in Ostwestfalen.

In Badenhausen arbeitet die Kriminalhauptkommissarin Katja Sollig mit ihren Kollegen der Sonderkommission Sozial an Fällen, die besonders und ganz besonders anders sind. Denn es geht hier nicht um Blut und Schweiß, nur Mord und Totschlag – nein, es geht um Lug und Trug, miese Machenschaften und korrupte Seilschaften, verzweifelte Familien und abgelehnte Hilfen.

Und im schlimmsten Fall: Strafanzeigen. Ein rabiater Lehrer, der die Behinderung einer seiner Schüler ignoriert, oder eine Mutter, die in die Mühlen der Strafjustiz gerät, weil ihr der Mord an einem Jugendamtsleiter vorgeworfen wird, oder eine Gruppe von Behördenmitarbeitern, die die Unwissenheit mancher Antragsteller ausnutzt, dann die Staatskanzlei, die auch irgendwie die Finger im Spiel hat ... Dann die Amtsärztin, die sich um eine junge Straftäterin bemüht, oder eine alte Frau, deren Erbschaft ihr das Zuhause zu entreißen droht, oder der junge Facharbeiter, der noch nach Jahren mit den Auswirkungen eines Betriebsunfalls zu kämpfen hat ...

Und die Sonderkommission Sozial? Sie schaut hinter die Kulissen, wertet Berichte aus, befragt Betroffene und Zeugen, Täter und Opfer. Sie versucht, die verkrusteten Strukturen zu entwirren, die Hintergründe der strafbaren Taten zu verstehen – oder die Täter zu rehabilitieren.

Alles ist möglich bei den Amtsschimmelflüsterern. Da ist es schon schade, dass es im richtigen Leben so eine Institution der Kriminalpolizei nicht gibt. Wäre doch schön, bei tiefergehenden Streitigkeiten mit Behörden, oder?

Denn im Osten von NRW ist immer ganz schön was los – auch im wahren Leben.

Marie von Stein

Die
Amtsschimmelflüsterer
I

Stolperfall

ISBN
Paperback   978-3-7323-2408-8
Hardcover   978-3-7323-2409-5
eBook   978-3-7323-2410-1

Katja Sollig und ihr Kollege Frank Lieme machen sich auf, Fehlentscheidungen und Behördenwillkür der Ämter zu korrigieren und auf Seiten der Hilfesuchenden die Aufarbeitung der gemeldeten Fälle zu erreichen.

Mittelstufenschüler auf dem Gymnasium wird von dem Sportlehrer Dr. Dreh verletzt. Unfall oder Absicht? Während die Soko Sozial den Fall bearbeitet, kommen weitere Vorfälle zum Vorschein. Das Ermittlerteam stößt auf den Selbstmord eines ehemaligen Schülers. Was hat Dr. Dreh damit zu tun?

Ein Heimatkrimi oder ein Sozialkrimi? Für jeden Leser ist etwas dabei: Ungerechtigkeiten im Sozialwesen genauso wie der Ruhepol der Ermittlerin im Lippischen Bergland – im Osten von NRW ist ganz schön was los!

Die neu entwickelte Krimireihe gründet sich auf den Autismus-Ratgeber von Klara Westhoff. Marie von Stein ließ sich durch Szenen aus dem »Tagebuch einer Asperger-Mutter« zu eigenen Geschichten einer Ermittlerin inspirieren.

Marie von Stein

Die Amtsschimmelflüsterer II

Aufbruch

ISBN
Paperback   978-3-7345-0921-6
Hardcover   978-3-7345-0922-3
eBook   978-3-7345-0923-0

Durch die Journalistin Isabella Gurany, bekannt aus Teil I, erfährt Katja Sollig von einem Todesfall im Jugendamt von Badenhausen.

Worin war der Jugendamtsleiter verstrickt und wer wollte seinen Tod? War es die junge Mutter, deren Hilfeanträge für ihren behinderten Sohn abgelehnt wurden? Oder ein Kollege, dem er in die Quere gekommen war? Die Kollegen der Mordkommission ermitteln. Die junge Mutter kommt in Untersuchungshaft.

Katja Sollig und Frank Lieme von der Sonderkommission Sozial verfolgen andere Spuren, nachdem eine anonyme Strafanzeige wegen Nötigung und Amtsmissbrauch gegen Mitarbeiter des Jugendamtes eingeht.

Erst jetzt wird die Tragweite des Falles klar. Und auch Katjas Vergangenheit hat Einfluss auf die Ermittlungen. In den Akten taucht der Name eines hohen Beamten der Landesregierung auf: Jan Sollig – Katjas verstorbener Ehemann.

Doch Katja hat vorerst nur ein Ziel: die Verstrickungen im Jugendamt zu entwirren, um Mutter und Sohn schnell wieder zusammenzubringen. Und wieder ist im äußersten Osten von NRW ganz schön was los ...

Marie von Stein

Die
Amtsschimmelflüsterer
III

Klagelaut

ISBN
Paperback   978-3-7345-5599-2
Hardcover   978-3-7345-5600-5
eBook   978-3-7345-5601-2

Während die Kommissarin Katja Sollig an ihrem freien Sonntag die Vernehmungsprotokolle schreibt und die vergangenen Tage Revue passieren lässt, braut sich so einiges an Ungemach zwischen dem Osten von NRW und der Staatskanzlei in Düsseldorf zusammen. Verschwundene Behördenmitarbeiter, eine Strafanzeige gegen Vorgesetzte eines Jugendhilfeprojektes, Falschaussagen in Amtsprotokollen und ein nie ganz geklärter Unfall eines hochrangigen Landesbeamten werden die kommenden Arbeitstage von Katja und ihrem Kollegen Frank Lieme bestimmen.

Werden die beiden es schaffen, die Beweise für die Straftaten zu finden, um die betroffenen Familien bei ihrer Suche nach Gerechtigkeit zu unterstützen? Und wird Katja sich endlich von ihrer großen Liebe lösen können und ein neues Leben beginnen? Wird das Klagen verstummen?

Nur wenige Tage – und am Ende wird nichts mehr so sein wie erwartet. Die Karten werden neu gemischt – und der Osten von NRW ist ganz vorn dabei.

Marie von Stein

Die Amtsschimmelflüsterer IV

Mutterherz

ISBN
Paperback   978-3-7439-6269-9
Hardcover   978-3-7439-6270-5
eBook   978-3-7439-6271-2

Die Amtsschimmelflüsterer –
Sonderkommission Sozial der Polizei

Lieb Mutterherz, magst ruhig sein.
2015 – Blut und Tränen in Badenhausen
2017 – Ende Oktober …

… nur sieben Tage Zeit hat die Soko Sozial aus Badenhausen unter Kriminalhauptkommissarin Katja Sollig, um die Strafanzeige eines jungen Mädchens zu bearbeiten.

Sieben Tage Ermittlungen gegen Verantwortliche des Gesundheitsamtes.

Sieben Tage, um herauszufinden, ob und wer bei Untersuchungen geschlampt hat.

Sieben Tage, die über das Schicksal einer Mörderin entscheiden.

Katja Sollig und ihr Team dringen in die Untiefen von Familienbanden und selbstgerechten Entscheidungen vor.

Wird die Zeit reichen, um ausreichend Beweise zu finden? Werden Blut und Tränen versiegen?

Und wieder ist im äußersten Osten von NRW allerhand los. Lasst die Ermittlungen beginnen!

Marie von Stein

Die Amtsschimmelflüsterer V

Abfuhr

ISBN

Paperback   978-3-7469-6848-3
Hardcover   978-3-7469-6849-0
eBook   978-3-7469-6850-6

Frieda Heyermeyer ist tot.
Denn Frieda Heyermeyer hat geerbt.
Und Erben kostet.
Manchmal sogar das Leben.

Karnevalszeit in Kalletal und drum herum. Katja Sollig, Teamleitung der *Amtsschimmelflüsterer*, der Sonderkommission Sozial der Polizei, freut sich auf ein paar freie Tage. Doch die Bitte des Chefs der Mordkommission kann sie nicht ausschlagen. Der Tod einer älteren Frau aus Badenhausen lässt sie nicht kalt, denn irgendetwas ist ungewöhnlich an dem Fall.

Wie war das? Eine Bank pfändet ein Haus und eine Behörde sieht dabei zu? Obwohl die Erbin eigentlich genug Geld hätte, um das alles abzuwenden? Eigentlich!

Genau Katjas Fachgebiet. Und während der Trubel der Karnevalisten immer lauter wird und die Regierungsbildung in Berlin noch höhere Wellen schlägt, macht sich Katja daran, gemeinsam mit einer Kollegin einen Wust von Akten durchzuarbeiten und ein paar Leute zu befragen. Ganz im Dienst derjenigen, deren Stimme nicht laut genug ist. Und die beiden finden Unstimmigkeiten heraus, die sogar in Berlin nicht ungehört bleiben.

Wieder einmal bleibt der äußerste Osten von NRW nicht still, sondern gibt Laut und tut kund.

Marie von Stein

Die Amtsschimmelflüsterer VI

Luftnummer

ISBN
Paperback   978-3-7482-9084-1
Hardcover   978-3-7482-9085-8
eBook   978-3-7482-9086-5

Ein Arbeitsunfall, der verpufft.
Ein Sachbearbeiter, dem der Atem stockt.
Eine Ermittlung, die sich in Luft auflöst.

Die Sonderkommission Sozial in Badenhausen hat es bei ihrem neuesten Fall nicht leicht. Erst recherchieren sie aufwendig, um wegen einer Strafanzeige gegen einen Sachbearbeiter der Berufsgenossenschaft Logistik zu ermitteln, dann verstirbt der plötzlich. Das war es mit dem neuen Fall.

Trotzdem: Katja Sollig und ihr Team geben nicht auf, denn irgendwas ist faul. Verdeckt ermitteln sie weiter und kommen ungewöhnlichen Vorfällen auf die Spur. Verschwundene Unterlagen, Absprachen in der Justiz, sich widersprechende medizinische Gutachten.

Jedem Vorwurf gehen sie nach. Um am Ende denen zu helfen, die alles richtig gemacht haben. Ganz egal, ob Antragsteller oder vermeintlicher Täter. Ganz egal, ob es dicke Luft gibt.

Denn den Amtsschimmelflüsterern geht die Luft nicht aus. Erst recht nicht im äußersten Osten von NRW.

Klara Westhoff

In Felix veritas

Aus dem Tagebuch einer
Asperger-Mutter

ISBN
Paperback   978-3-7323-0376-2
Hardcover   978-3-7323-0377-9
eBook   978-3-7323-0378-6

Aus dem Tagebuch einer Asperger-Mutter erzählt Klara Westhoff 18 Jahre der Geschichte einer Familie mit einem autistischen Sohn. 18 Jahre Entwicklung, 18 Jahre Freude, 18 Jahre Kampf gegen Behörden, Schule und all die, für die Autismus einfach nur ungezogenes Verhalten ist. Asperger-Eltern werden vieles wieder erkennen, vieles neu entdecken und sich über vieles mitfreuen können.

Hier finden sie eine Sammlung von dem, was Asperger-Eltern und ihre Kinder ausmacht. Geschichten von Ausgrenzung und Trauer. Geschichten von Wut und Tränen. Geschichten von Liebe und Glück. Geschichten von Felix, Justus, Nils und all den anderen, für die Felix und Justus und Nils die Synonyme sind.